Richard Wagner
Giancarlos Koffer
Rotbuch Verlag

Richard Wagner
Giancarlos Koffer

Rotbuch Verlag

1. Auflage 1993

Umschlaggestaltung von Michaela Booth
Lektorat von Michaela Adelberger
Gesetzt von Offizin Andersen Nexö

ISBN 3 88022 796 9

Inhalt

I
Der Flaneur

Betrug

Ich komme mit dem Nachtzug in der mir unbekannten Stadt an. Ein helles Licht ist über dem Bahnhof, das in den Augen schmerzt. Ein Kopfbahnhof, denke ich, während ich den endlosen Bahnsteig entlanggehe auf die Bahnhofshalle zu, dem Ausgang entgegen. Ich schleppe das Gepäck, während ich versuche, mir die Stadt vorzustellen, den Bahnhofsplatz. Ich kann sie mir nicht vorstellen, ich kann mir nichts in dieser Stadt vorstellen. Ich stehe in der Bahnhofshalle, blicke mich suchend um und nehme das Gepäck wieder auf. Es gibt keine Schließfächer. Hat dieses Land keine Schließfächer? Ich gehe durch den Ausgang und suche nach dem Taxistand: eine endlose Menschenschlange und kein einziges Taxi. Schon steht jemand neben mir und sagt das Wort Taxi. Sonst nichts. Ich verstehe, nicke, überlege gar nicht erst. Vor Männern wie diesem bin ich gewarnt worden. Ich weiß, er wird mich betrügen. Ich weiß, es wird eine teure Fahrt, aber ich folge dem Mann zu seinem unauffällig parkenden Wagen. Ich weiß ja sonst nicht, wie ich zu meiner Adresse gelangen soll in der fremden Stadt, und die Sprache spreche ich so gut wie nicht. So beginnt mein Aufenthalt mit einem Betrug. Im Auto gebe ich dem Fahrer zu verstehen, daß ich die geforderte Summe zu hoch finde, er sucht sich sogar zu rechtfertigen, sagt etwas von Verkehr, *traffico*, will wissen, ob ich Student sei, aber ich antworte nicht. Ich verweigere mich, das ist meine Rache für den Fahrpreis. Ich kenne die Sprache doch nicht, sage ich mir, aber ich weiß, es ist eine Ausrede.

Die berühmte Stadt

Jetzt bin ich in dieser Stadt, in der ich noch nie gewesen bin. Diese Stadt ist berühmt. Kein Mensch, an keinem Ort, der nicht von ihren Sehenswürdigkeiten gehört hätte. Es ist eine Stadt, mit der man aufwächst, die zur Sehnsucht wird, egal, wo man lebt. Diese Stadt ist ein frühes Gerücht, das zu einem Lebensziel wird. Die Bilder der Stadt sind in Büchern, über die Kinderhände geglitten sind. Kinderaugen speicherten die Bilder tief ins erwachsene Sein. Ich bin in dieser Stadt in der Wirklichkeit meines Kinderkopfes.

Die Stadt lädt ein

Die Stadt lädt ein, sie öffnet nur ihre Straßen. Ich gehe und stehe und schaue und schweige. Mein Leben dreht sich wie um sich selbst. Eine unscheinbare Drehung, die nicht aufhören will. Ich blicke, als blickte ich aus den Augenwinkeln. Ich bin der verstohlene Blick. Dann wieder bleibe ich stehen und blicke unverhohlen. Wie auf eine Frau, die es merkt und im Gesicht jene Mischung aus Geringschätzung und Belustigung hat und mit den klaren Augen sagt: Du kriegst mich nie. Ich blicke, ich passe. Ich tue so, als hätte ich nichts gemerkt. Ich gehe weiter. Ich gehe einen Schritt weiter. Schon habe ich ein anderes Bild. So, sage ich und bleibe für einen Augenblick stehen.

Straßenmarkt

Die kleine Seitenstraße beherbergt jeden Vormittag einen Markt. Die Markttische werden entlang der Gehsteige links und rechts der Fahrbahn aufgestellt. In der Mitte drängt sich die Kundschaft. Auf dem Markt wird mit allem gehandelt: das Angebot reicht von Lebensmitteln über Textilien bis zu Ersatzteilen. Leute greifen nach Salatköpfen, andere blicken auf Hemden und Höschen, andere nach Fahrradreifen. Die Kunden gehen selbstbewußt von Tisch zu Tisch, schauen mehr als sie kaufen. Die Verkäufer stehen und stehen, den ganzen Vormittag durch, reden, reden auf die Kunden ein, schnell und laut, oder bedächtig die Worte wählend, als machten die Worte die Ware wertvoll. Die Kunden blicken skeptisch, sind unentschlossen und unüberzeugt, geben vor, überzeugt werden zu wollen, geben den Verkäufern eine Chance. Diese reden und reden, und die Kunden greifen zu oder verlaufen sich wieder, und vor dem Stand drängt sich plötzlich niemand mehr. Der Verkäufer hat die Hände in den Hosentaschen und tritt von einem Fuß auf den anderen, sucht die Blicke der Vorübergehenden, sucht den Blickkontakt, findet ihn. Schöne Frau, sagt er, und schon redet er wieder, greift nach der Ware, hält sie hoch, dreht sie nach allen Seiten. Sie ist wirklich nutzlos, völlig nutzlos, aber er redet ihr eine Bedeutung herbei, ja, eine Notwendigkeit, und die Frau bleibt stehn, und hinter ihr stehen schon zwei weitere Kunden, sind aufmerksam geworden, haben ihr Selbstbewußtsein schon halb verloren. Der Verkäufer redet weiter, und jedes seiner Worte zieht sie mehr in seinen Bann, und am Ende

wechselt die Ware den Besitzer und das Geld die Brieftasche. Die Kundin geht weiter, die Zuschauer wechseln den Stand, der Verkäufer wirft einen prüfenden Blick über seinen Tisch wie nebenbei. Alles noch da, stellt er fest, macht zwei, drei Schritte, und plötzlich, ohne jeden Anlaß, fällt er mit mächtiger Stimme in eine Opernarie, die über den Platz hallt, wo sie als Selbstverständlichkeit aufgenommen wird. Wie eine kleine Auskunft, wie das Hupen der Autos in der Hauptstraße am Marktende.
Kurz nach Mittag wird der Markt aufgeräumt, die übriggebliebene Ware in Kisten verstaut, die Stände werden fachgerecht auseinandergenommen und verpackt, die Abfälle zusammengekehrt. Eine halbe Stunde später biegen die Autos aus der Hauptstraße um die Ecke, die Passanten weichen auf die Gehsteige aus, Auto hinter Auto schiebt sich nun durch die kleine Seitenstraße.

Westberlin

Ich habe ein paar Jahre im Westen gelebt, und ich hatte tatsächlich den Eindruck, im Westen zu leben, sage ich.
Lach nicht, sage ich.
Lach bitte nicht. Es war so.
Ich wußte, das ist der Westen da, und dort ist der Osten.
Da und dort.
Offen und zu.
Dann ist das Jahr Neunzehnhundertneunundachtzig gekommen, sage ich, und plötzlich hat sich alles vermischt.
Da ist nicht mehr da, und dort ist nicht mehr dort.
Ich habe in Westberlin gelebt, aber wo ist Westberlin?
Plötzlich lebte ich in Berlin, und rundherum war nicht mehr die Mauer, rundherum war Brandenburg.
Hast du das gehört, sage ich. Brandenburg!
Ich saß nun in Berlin und dachte mir: Du bist doch ausgewandert, oder? Emigriert, remigriert und beides zugleich.
Mein Kopf stieß in alle Himmelsrichtungen. Vor und zurück. Alles kommt zusammen.
Die Geographie ist abgeschafft.
Neunzehnhundertneunundachtzig wurde die Geographie abgeschafft. Sag mir, wo ich bin.
Du bist in der ewigen Stadt, sagt Clarissa vergnügt und drückt meinen Kopf zwischen ihre Brüste.

Das chinesische Gesicht

In der Stadt blicke ich in die Gesichter der Vorübergehenden. Manchmal, es fällt sogar mir selber auf, ist mein Blick forschend. Ich blicke ganz frech in wildfremde Gesichter. Hör auf, sage ich mir, das gehört sich nicht. Ich stehe lange an den Straßenecken, stehe den Leuten im Weg. Sie gehen um mich herum, machen einen Bogen um mich. Vielleicht sieht es auch so aus, als warte ich an der Ampel. Aber die Ampel springt auf Grün, und ich bleibe weiterhin stehen und sehe zu, wie die Leute hastig die Straßenseite wechseln. Ich sehe sie von mir fortgehen, und ich sehe sie auf mich zukommen. Ich bin ohne Ziel. Ein plötzlicher Windstoß fällt auf unerklärliche Weise in die Straße ein. Danach scheint die Sonne wieder wärmer. Ich gehe ein paar Schritte, ich bewege mich an den wechselnden Schaufenstern entlang. Ich blicke hinein, aber ich nehme nichts wahr. Ich müßte die Namen der Waren laut aussprechen, um sie mir als Gegenstände vorstellen zu können. Ich sehe Wörter, wie Magritte sie sah. Mein Blick ist zerstreut, meine Gedanken sind woanders. Aber wo? Die Gedanken machen Sprünge, ich folge ihnen mühelos. Da bin ich schon wieder. Ein Blick auf die Uhr zeigt, daß es immer noch Vormittag ist. Zu früh zu allem. Ich sehe in ein Frauengesicht, und mein Blick bleibt zu lange hängen. Wo ist die Zeit geblieben, da Blicke verweilen durften? Die Frau hat ein chinesisches Gesicht und spricht Englisch. Sie redet mit einer anderen Frau, die ich gerade noch mit einem Seitenblick erwische. Dann sind sie vorüber. *Avanti*, sagt die Ampel. Ich wechsle mit schnellen Schritten die Straßenseite, bleibe stehn, und alles geht weiter.

Die Töchter des Ladeninhabers

Der Pizza-Imbiß füllt sich um die Mittagszeit mit laut redenden jungen Leuten, Mädchen und Jungen. Jungen, die mit Mädchen reden, Mädchen, die hell auflachen. Jungen, die auf die Bedienung einreden. Die Bedienung, das sind zwei junge Mädchen mit auffallender Ähnlichkeit in Gesicht und Körperbewegung. Die Töchter des Ladeninhabers. Sie sind schlank und schlagfertig, reden mit den Jungen so, als sei der Pizzaverkauf die Nebensache, das Wichtige das Gespräch. Sie bedienen scherzend die Kasse, geben Kleingeld heraus und Quittungen, schneiden die Pizzastücke nach Wunsch, setzen das Messer an, blicken fragend in die Gesichter der Kunden, warten auf ihr Nicken. Oder setzen noch mal an, kleiner, größer, legen das Stück auf die Waage, an der die Zahlen grün springen, drücken die Tasten, legen das Pizzastück auf den Tresen auf weißes Papier, teilen das Pizzastück in der Mitte, legen die beiden Hälften gegeneinander, schlingen das Papier drum herum und halten mir das eßfertig verpackte Stück entgegen. Sie reden mit den jungen Leuten, rufen einem Mädchen, das gerade hereinkommt, etwas zu, reden und reden, sie sind ständig in Bewegung, und ihre Bewegungen haben mit dem, was sie sagen, nichts zu tun, außer mit den kleinen Wörtern, die nur Bindewörter zwischendurch sind: davon?, so?, kleiner?, zweitausend Lire, deren Inhalt kein Thema ist. Das Thema ist zwischen ihnen, den Bedienungen und den jungen Leuten.

So gegen zwei Uhr leert sich der Imbiß wieder, plötzlich sitzen alle draußen auf ihren Vespas. Mädchen und Jungen, *Ciao,* rufen die beiden von der Bedienung durch die offenstehende Tür, bis heute abend. Was ist heute abend?

Das verliebte Paar

Die Leute hasten durch den Metrotunnel wie auf ein unsichtbares Ziel zu, das sie nicht losläßt. Alles, was sie tun, ist diesem Ziel untergeordnet. Es ist fern und groß, zuweilen überwältigend. Alles andere ist nur ein Durchgang. An den Wänden des Tunnels lehnen die jungen Zigeunerinnen in ihren langen bunten Röcken, Kinder in den Tüchern, die sie um die Schultern gebunden haben. Sie verharren in unruhiger Erwartung. Ihre Blicke eilen hin und her. Da kommt ein Paar, zwei junge Leute, die ganz ohne Ziel auf die Rolltreppe zu schlendern. Sie sind sehr sorgfältig gekleidet, auffallend sorgfältig für diese Vormittagsstunde, auffällig schöne Menschen. Sie haben einen gleichmäßigen Gang als gingen sie ein bißchen für die anderen, die Zuschauer. Sie wissen, daß sie gesehen werden, sie wollen gesehen werden. Die kleinen Finger der Hände zwischen ihnen sind ineinander verhakt, lose, im Gehen. Es ist nur ein winziges Zeichen. Es sagt: Wir gehören zueinander. Es sagt auch: Wir müssen uns nicht aneinander klammern. Ihr Gang ist leicht und federnd, die Körperhaltung gerade. Die Zigeunerinnen springen auf sie zu. Sie umringen wortreich den jungen Mann, ihre Hände auf seiner Jacke, die eine legt ein großes Stück Karton an seine Schultern. Sie drehen sich lärmend um ihn herum, sind ganz nah an ihm dran, reden aus allen Richtungen, machen auf sich aufmerksam und lenken ab. Ein professioneller Vorgang hat eingesetzt. Opfer und Täter begegnen sich, aber der junge Mann, ohne die Haltung zu verlieren, macht nur eine sanfte und doch sehr bestimmte Bewegung, und schon lassen die Zigeunerinnen von ihm ab. Dem Paar ist überhaupt nichts anzumerken. So betritt es die fahrende Rolltreppe. Das Geschehene ist für die Verliebten kein Thema. Die Zigeunerinnen sind die Außenwelt, die an ihrer Liebe nicht rührt.

Radio

Ich höre Radio. Ich besitze ein Kurzwellenradio. Ich höre die fernen Sender. Ich höre die vertraute Sprache der fernen Sender. Ich höre die vertrauten Verdrehungen. Sie werfen mich in eine andere Zeit, die weit weg ist und doch in mir aufgehoben. Die sich wecken läßt. Redet. Poltert. Murmelt. Singt. Heult und brüllt und spricht, abbricht und dann wieder redet. Redet und redet. Als hätte diese Stadt sie gesprächig gemacht. Das Radio redet. Eines Abends redet das Radio von Dana Petran. Das Radio erzählt mir die Geschichte von Dana Petran. Ich schreibe sie auf, denke ich mir. Ja, ich schreibe sie auf.

Die unterbrochene Rede

Es ist am 21. Dezember 1989, schreibe ich. Dana Petran, technische Zeichnerin in einem Betrieb in Hermannstadt, ist, wie jeden Tag nach der Arbeit, mit dem Bus in das nahegelegene Städtchen H. zurückgefahren, wo sie bei ihrer Mutter wohnt.
Hätte sie jemand gefragt, warum sie am Spätnachmittag, gleich nach ihrer Rückkehr, ein zweites Mal nach Hermannstadt fuhr, sie hätte keine schlüssige Antwort gewußt. Sie hätte vielleicht mit halbem Mund gesagt, mal sehn, vielleicht gibts was, ja, Hühnerfüße, *tacîmuri*, wie die Leute bitter lachend sagen, oder Schweineklauen, *adidaşi*, wie die Leute, ihr Lachen steigernd, hinzufügen. Jetzt, vor Weihnachten, bringen sie vielleicht was in die Läden.
Nein, Dana ist nicht deshalb in der Stadt. In ihrem Kopf geht seit drei Tagen das Wort Temeswar herum, aber sie ist nicht deswegen in der Stadt. Nein, nicht deswegen, sagt sie sich. Obwohl heute im Büro so eine ungewöhnliche Stimmung war. Nicht, daß man geredet hätte, nein, aber es waren eher die Blicke und ein kaum fühlbarer anderer Rhythmus, etwas, was an den Arbeitsgesten zog. Man sah sich an, und man hätte gerne etwas gesagt, man wußte, es wäre etwas zu sagen gewesen. Dana war mehrmals auf dem Gang, sie sah Männer rauchend beieinander stehen, und es schien ihr, sie redeten darüber. Mittags kam Dinu, der sonst so ruhige Dinu, plötzlich herein und sagte mit leiser Stimme, sie haben gerade die Fernsehübertragung unterbrochen. Er ist ausgepfiffen worden. Dinu sagte nur: Er. Sie wußte sofort, wer gemeint war. Der Diktator.

Dana fährt ins Zentrum. Als sie aussteigt, sieht sie ihre Kusine Cerasela. Diese war ebenfalls im Bus, sie haben sich in dem Gedränge nicht gesehen. Im Bus stand Dana eingequetscht zwischen Frauen und Männern, sie war darauf bedacht, keinen Knopf ihres Mantels einzubüßen und hat sich an einem Sitz festgehalten. Sie hat einen guten Platz erwischt. Keiner hat in dem Geschiebe versucht, ihr an die Brust oder an den Hintern zu greifen. Im Winter ist man durch den Mantel einigermaßen geschützt.

Wenn man aus dem Bus aussteigt, hat man meist einen schweren Kopf von dem Stimmengewirr während der Fahrt. Ein verwirrendes, aus allen Ecken zusammenstrebendes Wortknäuel, von dem das meiste unverständlich bleibt. Die Leute reden meist zu zweit miteinander, schreien sich die Worte zu, die sich mit dem Motorenlärm mischen, mit den anderen zugerufenen Worten. Der Bus wirft einen hin und her, bremst scharf, kracht in allen Fugen. Das Aussteigen endlich ist eine Erleichterung.

Dana und Cerasela begrüßen sich erfreut, fragen sich aber gegenseitig nicht nach dem Grund für die Spätnachmittagsfahrt in die Stadt. Sie gehen sofort gemeinsam los. Auf dem Ring stehen überall Leute herum, als würden sie auf etwas warten. Tritt man näher, so hört man nur Gemurmel, aber Dana ist sich sicher, daß alle von der unterbrochenen Fernsehrede des Diktators am Mittag und vom Aufstand in Temeswar reden. Sie ist sich dessen sicher, obwohl sie kein einziges entsprechendes Wort zu hören bekommt.

Dana und Cerasela laufen die paar Straßen des Zentrums rauf und runter, ohne auf die Läden zu achten. Als sie wieder auf dem Ring stehen, hören sie plötzlich wie die Leute sagen *la şase începe,* um sechs gehts los.

Der Milizmann an der Haltestelle

Dana und Cerasela fahren mit dem nächsten Bus nach Hause. Im Zentrum von H. sind viele Leute auf der Straße. An der Haltestelle steht der Milizmann Oană, ein gefürchteter Schläger. Alle im Ort kennen ihn, man erzählt sich seit Jahren die unglaublichsten Geschichten, und warnt sich gegenseitig. Oană macht dem Busfahrer erregte Zeichen. Er solle die Türen nicht öffnen. Oană kommt an das Seitenfenster des Fahrers und ruft ihm zu, er solle weiterfahren, erst in der Vorstadt dürfe er halten, dort sollten alle aussteigen. Das ist ein Befehl, fügt er drohend hinzu. Der Fahrer nickt und fährt wortlos weiter. Die Leute im Bus schimpfen ziellos, manche auf den Fahrer, aber gegen den Milizmann sagt keiner etwas.

An der Vorstadthaltestelle hält der Bus, und die Leute steigen aus, die meisten laufen, neugierig geworden, zum Zentrum zurück. Dana und Cerasela trennen sich, und Dana geht nach Hause. Zu Hause ist niemand.

Dana bewohnt mit ihrer Mutter das eine von einem alten sächsischen Doppelhaus. In dem anderen wohnt der Nachbar, Herr Dima. Er lebt allein. Die beiden Häuser sind durch das schwere Holztor und den Hof verbunden. Sie haben einer sächsischen Familie gehört, die vor zehn Jahren nach Deutschland ausgewandert ist. Seither wohnen Dana, ihre Mutter und Herr Dima hier.

Da weder die Mutter noch Herr Dima zu Hause sind, geht auch Dana wieder weg. Sie will nicht allein zu Hause bleiben. Sie ist unruhig, hätte gern mit jemandem gesprochen. So geht sie wieder weg, unentschlossen und ohne Ziel, aber doch auf das Stadtzentrum zu.

Je mehr sie sich diesem nähert, um so mehr Leute sieht sie auf den Straßen. Sie geht in die Richtung, in die alle Leute gehen. Aus einem Fenster ruft eine Frau, wohin eilt ihr denn, gibts was im Laden? Und jemand ruft, nein, zur Bürgermeisterin, jetzt gehts auch bei uns los.

Alt

Clarissa spricht Deutsch. Sie spricht ein mit Italienisch angereichertes Deutsch. Manchmal fällt sie beim Sprechen ganz ins Italienische. Sie spricht dann auch schneller, und wenn ich gar nicht mehr mitkomme, sage ich alt. Es ist das Wort, das auf den Ampeln steht. *Alt,* sage ich und lache, und sie kehrt zum Deutschen zurück.
Clarissa hat als Kind ein paar Jahre in Deutschland verbracht. Ihre Eltern waren Gastarbeiter. Ihr Deutsch hat Ruhrgebietsformen. Ich habe den Banater Tonfall, was immer das heißen mag.
Clarissa wohnt in der Wohnung gegenüber. Die Situation, in der wir uns kennenlernten, entspricht so dem Klischee, daß ich sie gar nicht erst erzähle. An dem Abend, an dem wir uns kennenlernten, haben wir auch miteinander geschlafen.
Clarissa ähnelt in auffallender Weise der Fernsehmoderatorin Clarissa B. Sie weiß es. Sie trägt die gleiche Kleidung wie Clarissa B., aber nicht aus dem gleichen Laden. Clarissa redet manchmal wie Clarissa B., und ich denke manchmal, Clarissa ist Clarissa B.

Die jungen Rumänen

Ich stehe vor dem Hauptbahnhof, an dem ich angekommen bin. Auf dem Geländer des Taxistands sitzen vom späten Vormittag bis in den Nachmittag hinein die Rumänen, junge Männer in Jeansanzügen. Nie ist eine Frau dabei. Zum Zeitvertreib reden sie miteinander. Ihre Stimmen sind laut, ihre Sätze von Flüchen durchsetzt. Die Fluchwörter trennen die Sätze einfach voneinander, sie drücken eine gewisse Erregung aus, ohne sich gegen jemanden zu richten. Sie sind, für sich selbst gesprochen, Ausdrücke von Selbstsicherheit, die die jungen Rumänen brauchen. Ihre Stimmen sind laut, sie reden ohne Rücksicht auf die Umgebung, sie verstecken ihre Sprache nicht. Sie reden wie Leute, die überzeugt sind, daß niemand ihre Sprache versteht. Sie fühlen sich in der Fremde an diesem Bahnhof, und sie sprechen so laut, um sich Raum zu schaffen. Ihre Sprache ist ihre Heimat. Die Flüche sind das Vertraute. Wovon sie reden, ist belanglos, ist Zeitvertreib. Ob sie nun heute in die Kirche essen gehen oder nicht. Wie es in anderen Ländern ist. Ob man abgeschoben wird oder nicht. Sie reden ohne Eifer. Sie reden einfach, blicken nicht einmal um sich. Die Menschenbewegungen vor dem Bahnhof, in den Bahnhof hinein und aus dem Bahnhof hinaus lassen sie unberührt. Als nähmen sie das alles gar nicht wahr, sitzen sie auf dem eisernen Geländer, baumeln mit den Beinen. Junge Männer, Anfang zwanzig. Morgen sind sie wieder da.

Liebesstunden

An Umfriedungsmauern von Grundstücken, wo keine Fenster sind, sitzen abends in den abgestellten Autos, aber nicht selten auch mitten am Tag, in auffallender Weise Paare, junge, und mehr noch solche zwischen fünfunddreißig und fünfundvierzig. Sie haben ernste Gesichter, reden miteinander, sagen sich, nach den Gesten und dem Gesichtsausdruck zu urteilen, Lebenswichtiges. Die Lebenswichtigkeit ist ihnen ins Gesicht geschrieben. Manche sagen nichts, sehen bloß gerade aus, zwei Gesichter nebeneinander, nicht zueinandergekehrt, hinter der Windschutzscheibe. Leute, die sich nichts mehr zu sagen haben und doch vor der Trennung zurückscheuen, die sich hier in ein Auto gesetzt haben, um sich mal auszusprechen. Sie sitzen hier, weil die Familie zu groß und die Wohnung kein Ort ist für das Zuzweitsein. Vertriebene mit ihrem Problem, wissen sie nicht weiter.
Oder andere, die sich gerade küssen, denen aber auch beim Küssen die Sorge nicht aus dem Gesichtern weicht. Sie küssen sich angestrengt wie Flüchtlinge, die sie ja sind. Vor ihren Männern und Frauen Geflohene, Hoffnungslose, die sich zu spät getroffen haben, finden sich hier im abgestellten Auto mit ihren ermüdeten Lippen.
Ich gehe die Autoreihe entlang und weiß plötzlich, daß alle diese Leute in der gleichen Lage sind, sie wechseln bloß die Autos. Nur die Autos sind verschieden. Es sind Trennungsautos und Liebesautos, und die Leute wechseln von den Liebesautos in die Trennungsautos, und von den Trennungsautos in die Liebesautos, und so vergeht in allerlei Berührungen und unter allerhand Gerede die Zeit.

Das Haus der Bürgermeisterin

Das Haus der Bürgermeisterin liegt in einer stillen Nebenstraße, gleich hinter der Einkaufsstraße des Zentrums. Man verläßt die belebte, lärmende Hauptstraße, geht keine fünf Minuten, und plötzlich fällt einem die Stille auf. Die Bürgermeisterin wohnt in einem villenartigen Gebäude, das noch in den ersten Nachkriegsjahren einem Arzt gehörte, der später nach Israel ausgewandert ist. In der Villa, die der Staat sich angeeignet hat, wohnen seither die Bürgermeister des Städtchens. In den weiteren Häusern der Straße die anderen Mächtigen: der Direktor der Textilfabrik, der Milizchef, der zweite Bürgermeister, der Leiter der LPG.

Die Bürgermeisterin ist Ende der siebziger Jahre ins Amt gekommen, im Rahmen einer Kampagne des Diktators zur Förderung der Frauen. Die Frauenemanzipation war auch der Anlaß, die Ehefrau des Diktators in höchste politische Ämter zu installieren. Die Bürgermeisterin war damals knapp dreißig, sie stammt aus dem Ort, hat diesen aber nach der Schule verlassen, um in der Kreisstadt eine Karriere im Jugendverband zu beginnen. Im Städtchen wird erzählt, sie habe das Lyzeum im Abendstudium beendet, man wisse ja, wie es dort zugehe, und in der Kreisstadt habe sie mit allen möglichen Bonzen geschlafen. Es ist das, was man sich überall über Frauen in Parteifunktionen erzählte.

An diesem Tag ist die Stille aus der Straße der Mächtigen verschwunden. Vor dem Haus der Bürgermeisterin drängt sich eine wachsende Menschenmenge. Ein Teil der Leute läuft im Hof herum, andere befinden sich bereits im Inneren des Gebäudes, der Großteil steht lachend und schimpfend auf der Straße vor dem Haus. Dana gelingt es, bis zum Zaun vorzudringen. Sie versucht zu erfahren, was geschieht. Alle reden durcheinander, niemand ist zu einer ausführlicheren Antwort zu bewegen. Alle sind vom Geschehen fasziniert. Ihre ganze Aufmerksamkeit gilt den Vorgängen im Haus der Bürgermeisterin. Sie ist geflohen, sagt eine Frau, sie ist weg, sagt sie und hat einen Glanz in den Augen. Aus dem Haus werden allerlei Gegenstände herausgetragen. Möbelstücke, Fernseher, Videorecorder, eine Kühltruhe und immer wieder Teppiche. Seht Leute, was die alles hat, ruft ein Mann mehrmals. Seht, was die alles gestohlen hat. Dana kennt diesen Mann nicht. Sie vermutet in ihm einen der Arbeiter, die die Textilfabrik angeworben hat. Die Gegenstände werden unter dem Beifall der Menge aus dem Haus getragen und im Hof gestapelt. Der ganze Keller ist voller Teppiche, ruft der Mann, der gerade aus der Haustür tritt. Alles Exportware. Anzünden, ruft einer. Anzünden, anzünden. Schon brennen die Gegenstände im Hof, jemand hat Benzin darüber gegossen. Die Menge ist begeistert. Das ist alles gestohlen, ruft eine Frau neben Dana. Nichts mehr soll übrigbleiben. Sie soll soviel haben wie wir. Die Leute blicken zum Teil stumm auf den brennenden Haufen, sehen zu, wie die Gegenstände ihre Form verlieren, wie das Feuer sie vernichtet. Keinem ist es eingefallen, etwas zu nehmen, sie wollen alles zerstört, vernichtet sehen. Die ganze Lebensweise der Bürgermeisterin war eine Herausforderung für die Leute. So warten sie nun, bis die Symbole dieser Herausforderung vernichtet, vom Brand zerstört sind, dann erst zerstreut sich die Menge. Die Menschen haben in diesen Stunden keine Angst. Die Angst, die sie jahrelang beherrscht hat, ist auf unerklärliche Weise verschwunden. Wäre ein Milizmann aufgetaucht, sie hätten ihn sofort gelyncht. Aber die Miliz zeigt sich an diesem Nachmittag nicht. Die Angst der Leute kommt später wieder. Und sie bleibt.

Kleine hübsche Frauen auf Vespas

Kleine hübsche Frauen sitzen auf Vespas, die unentwegt durch den Verkehr hüpfen. Ich arbeite mich auf dem Gehsteig, oder auf dem, was noch von ihm übrig ist, voran, umgehe die parkenden Wagen, werfe abschätzende Blicke, ist Platz genug zwischen Stoßstange und Hauswand, zögere, gehe außen herum, schon wieder auf der Fahrbahn, immer wieder auf der Fahrbahn. Kleine hübsche Frauen auf Vespas schlängeln sich durch den stockenden Verkehr, umfahren geschickt die Autos im Stau, langes Lockenhaar, hübscher Hintern auf dem Rücksitz, sie sind stets zu zweit unterwegs. Ich blicke ihnen versonnen nach, suche mir die Gesichter vorzustellen, aber sie sind schon vorbei. Ich als Fußgänger habe ja so gut wie keine Chance von ihnen wahrgenommen zu werden. Weshalb sollten sie mich auch wahrnehmen? Ich bin ihnen nicht einmal im Wege. Ich kann mich mitten auf die Fahrbahn stellen, und ich störe sie nicht. In leichtem Bogen würden sie mich umfahren wie ein Auto, für sie gibt es kein Hindernis. Sieh, ihr Haar weht im Wind, sie rasen lachend davon. Kein Blick, nichts. Ihre Augen sind hinter dunklen Sonnenbrillen verborgen. Ich stelle mir, ich weiß nicht wieso, spöttische Blicke dahinter vor. Die kleinen hübschen Frauen auf den Vespas sind einfach nicht abzulenken. Sie gehen auf nichts ein. Wenn sie lachen, lachen sie sich gegenseitig zu. Sie genügen sich und sind bloß unterwegs zu einem geheimnisvollen Ziel, das sich vielleicht täglich wiederholt und in dessen Selbstverständlichkeit seine Anziehungskraft liegt. Mein Wunsch ist, die kleinen hübschen Frauen zu beobachten, wenn sie die Vespas anhalten und absteigen, die Brille abnehmen und sich durchs zerzauste Haar fahren. Vielleicht wäre dies der Augenblick, in dem ich sie ansprechen könnte.

II
Die Polizistin Dana Petran

Die Hilfssendung

Als die erste Hilfssendung eintrifft, versammelt sich die gesamte Belegschaft im Hof des Betriebs. Sie begrüßen die beiden Fahrer mit dem V-Zeichen, wie sie es im Dezember im Fernsehen gesehen haben. Im Fernsehen und auf den Straßen. Keiner kann sagen, wo das V-Zeichen zuerst gewesen ist, im Fernsehen oder auf der Straße. Es gibt Leute, die behaupten, es sei zuerst im Fernsehen gewesen.

Die beiden Fahrer laden die gleichmäßigen, schön wirkenden Kartons aus dem Laster aus, und es bildet sich sofort eine Reihe, in der die Kartons von Hand zu Hand weitergereicht werden. Sie werden in einem größeren Abstellraum gestapelt. Es ist der Sitzungssaal. Den brauchen wir jetzt nicht mehr, hat es geheißen, und die Leute haben gelacht. Ausgesessen. Schluß.

Die Kartons werden auf die Tische gestellt. Sie leuchten. Sie leuchten, denkt Dana, das kann doch nicht sein. Mehrere Frauen aus den Büros beginnen die Kartons zu öffnen. Die beiden Fahrer beschreiben kurz den Inhalt. Sie sprechen Deutsch. Radebrechend verständigt man sich. Dann kommt eine Sächsin hinzu, die im Betrieb arbeitet. Sie dolmetscht. Die Frauen nehmen aus einem Karton eine Packung Kaffee. Die beiden Fahrer werden in das Büro gebeten, in dem Dana arbeitet. Die Frauen und die Fahrer trinken Kaffee. Alle reden. Alle wollen den beiden Ausländern etwas erklären, etwas erzählen. Alle reden gleichzeitig. Die Ausländer nicken und lachen, und die Frauen lachen auch, und es riecht wohltuend nach Kaffee. Als finge die normale Zeit wieder an.

Die kühle Stelle

Ich steige hinten in den Bus ein, der überfüllt ist. Ich habe einen Augenblick mit dem Einsteigen gezögert, dachte daran, auf den nächsten zu warten, vielleicht ist der weniger voll, aber dann steige ich doch ein, bleibe im hinteren Teil des Busses stehn, an einer Stelle, wo ich mich an einer Stange halten kann. Leute drängen von hinten an mir vorbei, ich schiebe mich ebenfalls nach vorn, zur Mitteltür, wo der Ausstieg ist. Ich habe noch nicht vor auszusteigen, aber sicher ist sicher. Am besten ist, sich in der Nähe des Ausstiegs aufzustellen, dann kommt man auf jeden Fall raus, wenn man aussteigen will. Die Leute, die sich an mir vorbeigedrängt haben, sind auch noch nicht ausgestiegen. An den Haltestellen steigen einige aus, andere drängen von hinten zur Mitte hin. Nun habe ich einen Platz an der Mitteltür erreicht. Ich greife nach der Stange vor der Tür, um mich daran festzuhalten. Ich spüre die Wärme von fremden Händen an der Stange. Ich fasse weiter nach oben, das gleiche Gefühl, dann weiter nach unten, endlich erreiche ich eine Stelle an der Stange, die kühl ist, die schon seit einer Weile von niemandem mehr angefaßt wurde. Ich stehe glücklich auf meinem von mir eroberten Platz, da werde ich schon gefragt, *scende,* ob ich aussteige. Ich soll also Platz machen, meinen Platz an der Tür aufgeben, *scende,* fragt eine Frauenstimme, *si,* sage ich, ja, der Bus hält, und ich steige aus, eine Haltestelle bevor ich eigentlich aussteigen wollte. Ich springe aus dem Bus, bleibe stehn und hinter mir drängen sich die anderen Ausgestiegenen, die sofort die Haltestelle verlassen wollen, weil sie dringende Ziele haben, und so bin ich ihnen schon wieder und immer noch im Wege.

Die Ausstellung

Als die beiden Fahrer weg sind, wortreich verabschiedet und sichtlich zufrieden über den Erfolg ihrer Aktion, unter Winken und mit V-Zeichen abgefahren, auch sie machten das V-Zeichen, lächelnd und etwas unbeholfen, nachdem sie weg sind, öffnen die Frauen die Kartons, nehmen die Gegenstände heraus, betrachten sie lange und sprechen immer wieder die Namen der Gegenstände aus. Es sind vor allem Lebensmittel, aber auch Kleidungsstücke und andere Gebrauchsgegenstände, sogar ein Kassettenrecorder liegt in einem der Kartons. Schon die Verpackungen beeindrucken die Frauen. Die meisten von ihnen sind noch nie im Ausland gewesen, bloß zwei waren mal auf einem vom staatlichen Reisebüro veranstalteten Kurzausflug in Budapest. Die begeisterten Frauen beschließen, die Kartons hier unter Verschluß zu halten, bis die Belegschaft über die Verteilung entscheiden würde. Der Schlüssel wird in dem Büro aufbewahrt, in dem auch Dana arbeitet. Er liegt in einer den Eingeweihten zugänglichen Schreibtischschublade und wird in den folgenden Tagen immer wieder herausgenommen, um dem einen oder anderen die Kartons zu zeigen oder um die gespendeten Sachen einfach noch einmal in Ruhe zu betrachten, allein zur Freude des Auges. Der Inhalt der Kartons ist wie eine Bescherung, wie ein verspätetes, ein unerhofftes, reiches Weihnachtsgeschenk. Der Raum, in dem die Kartons gelagert sind, wird zur Ausstellung. So heißt es dann auch im Büro, wenn jemand nicht da ist: Sie ist in der Ausstellung.

Die Gunst des Betrugs

Diese Stadt zieht zahllose Menschen an. Sie hat es fertiggebracht, den Besuchern, mir, klarzumachen, daß sie wenigstens einmal in der Stadt gewesen sein müssen. So wie sie die Bewohner davon überzeugt hat, daß sie in ihr wohnen müssen. Obwohl das Wohnen in dieser Stadt längst kein Wohnen mehr ist. Wer den Zustand dieser Stadt kennt, wer es schon mal mit ihrer Verwaltung zu tun hatte, und wer einen Blick in ihre Wohnungen geworfen hat, der weiß Bescheid, der weiß, daß das Wohnen hier nur eine billige Imitation des Wohnens ist, zu einem absurden Preis. Der weiß, daß auch das Leben in dieser Stadt nur eine Imitation des Lebens ist. Dieser Stadt ist es aber gelungen, sich den Anschein einer Bedeutung zu geben, die noch weiter wächst, und je mehr die Stadt verfällt, so daß sie zeitweise nur noch wie der Schatten einer richtigen Stadt anmutet, desto mehr scheint ihre Bedeutung in den Augen der Leute, der Bewohner wie der Besucher, zu wachsen. Alle drängen sie in diese Stadt, die erbarmungslos nach ihnen greift wie die Herrschaft nach ihren Dienern. Und sie alle sind glücklich. Ihr höchstes Glück scheint darin zu bestehen, sich dem Betrug der Stadt auszusetzen. Sie sonnen sich in diesem Betrug. Die Besucher beneiden unverhohlen die Bewohner um die Gunst des ständigen Betrugs. Für die Besucher ist das Betrogenwerden nur ein Urlaubsvergnügen, dem sie sich hemmungslos hingeben können. Sie zahlen absurde Preise für Nichtigkeiten, schauen die Kellner, die auf schon lächerliche Weise die Rechnung aufgebläht haben, versonnen an und geben sogar noch ein Trinkgeld dazu. Vom Frühjahr bis zum Herbst rasen sie mit den Bewohnern um die Wette durch die Stadt. Die Besucher hetzen von einer Sehenswürdigkeit zur anderen, schauen alles an, was der Reiseführer empfiehlt, fotografieren und filmen und kommen im nächsten Jahr bestimmt wieder.

Der Kassettenrecorder

Als Dana nach ein paar Tagen die Reihe der Kartons abschreitet, entdeckt sie, daß der Karton mit dem Kassettenrecorder leer ist. Der Kassettenrecorder ist weg. Dana rennt ins Büro und ruft, der Kassettenrecorder ist weg. Wer hat den Kassettenrecorder genommen? Ach, sagen die Kollegen. Sie gehen nun alle in den Ausstellungsraum und überzeugen sich selbst davon, daß der Kassettenrecorder fehlt. Ein sinnloses Gespräch beginnt. Wer kann ihn genommen haben, es war doch abgesperrt, aber der Schlüssel lag hier in der Schublade, das war doch allgemein bekannt, jeder kann es gewesen sein, wir nicht, von uns war es niemand, keiner von uns macht so etwas, das kann nur jemand von draußen gewesen sein.

Wir müssen die Miliz verständigen, die Polizei, sagt Dana. Die Miliz heißt jetzt Polizei. Die Kollegen sind nicht begeistert. Die Miliz, die Polizei, wegen dem Kassettenrecorder, die finden den ja doch nicht. Der ist doch längst weg. Das kann nur ein Dieb von draußen gewesen sein. Der hat ihn doch sofort verkauft. Nein, sagt Dana, wir müssen das aufklären. Es geht nicht an, daß aus den Hilfssendungen gestohlen wird. Wenn wir nicht einmal den Diebstahl aus den Hilfssendungen verhindern können, dann ist unsere ganze Revolution nichts wert. Revolution, hört sie einen murmeln. Ja, Revolution, sagt sie und wundert sich selbst, wie leicht ihr das Wort über die Lippen kommt. Das Wort, das sie früher kaum ausgesprochen hatte. Letztes Mal wahrscheinlich in der Schule, im Geschichtsunterricht, als es darum ging, was für eine tolle Revolution die Kommunisten und die anderen fortschrittlichen Kräfte am 23. August 1944 gemacht hatten. Später tauchte das Wort nur noch im Fernsehen auf, zu den Staatsfeiertagen und in den Reden des Diktators.

Ja, wir müssen das aufklären, sagt Dana unbeirrt. Dann klärs doch auf, sagt einer der Kollegen, greift demonstrativ nach seiner Zigarettenpackung und verläßt den Raum. Dana nimmt ihren Mantel vom Haken, zieht ihn an und sagt, schon an der Tür, ich gehe jetzt zur Polizei.

Triest

Trieste, sagt Clarissa, das ist doch ein toter Ort. Ein Ort der Toten. Dort treiben die Toten Schwarzhandel. Slowenische Totenmessen werden dort gelesen. Slowenische Jeanstotenmessen.
Kein Mensch fährt nach Triest, sagt Clarissa. Das ist der Ort der alten Männer. Sie gehen am Wasser auf und ab und blicken auf die weißen Paläste. Und die weißen Paläste sind Sarkophage. Uniformen spiegeln sich in ihren Fensterscheiben. Uniformen aus Büchern.
In Triest ist niemand, sagt Clarissa. Eine Verabredung in Triest. Du hast Einfälle, sagt sie, ist schon an der Tür. Soll ich dir ein Uniformenbuch mitbringen, fragt sie.
Clarissa arbeitet in einer Buchhandlung, die aber mehr ein Schreibwarenladen ist. Ein Schreibwarenladen mit Büchern. Ich muß jetzt gehn, sagt sie. *Ciao,* sagt sie. *Auguri,* rufe ich ihr nach. Ich halte das Notizbuch in der Hand und denke an Jakob, an Silvia und an ihre Verabredung in Triest.

Zug aus Belgrad

Nun steht er schon seit einer Stunde im Bahnhof von Triest. Es ist ein Maitag des Jahres 1990. Er wartet auf Silvia. Der Zug aus Belgrad hat natürlich Verspätung. Das hat sich nicht geändert. Hundert Minuten zeigt die Tafel an. Es werden bestimmt mehr. Er weiß es aus Erfahrung. War ja auch verrückt, sich hier, in Triest, zu verabreden. Für Jakob, der mit dem Wagen aus Nürnberg kam, weniger als für Silvia. Sie reist mit dem Zug aus Temeswar. Er versucht, sich ihre Fahrt vorzustellen. Zuerst nach Belgrad. In Belgrad warten. Dann von Belgrad über Zagreb nach Triest. Aber sie hat darauf bestanden.

Wenn wir uns wiedersehen, dann in Triest, hat sie am Telefon gesagt. Das hat seinen Grund. Vierzehn Jahre sind vergangen, seit sie sich nicht mehr gesehen haben. Damals waren sie in Triest verabredet. Und die Verabredung hatte nicht geklappt. Eine Woche lang sollte er im Bahnhof von Triest auf den Zug aus Belgrad warten, auf den Zug, auf den er auch heute wartet. Er hat eine Woche gewartet, dann ist er zurück nach Nürnberg gefahren. Und dann hat er in Nürnberg weiter gewartet, es ist lange keine Nachricht von Silvia gekommen.

Das Kosewort

Hat nicht geklappt, heißt es ein halbes Jahr später. Ein gemeinsamer Bekannter, der runtergefahren ist, hat es Jakob erzählt. Grüße von ihr, sie wirds wieder versuchen. Aber sie war zur Securitate bestellt. Sie wird beobachtet. Du solltest vorläufig auch nicht runterfahren. Die verdächtigen sie, und sie sagt, sie hätten auch deinen Namen genannt. Nach ihren Bekanntschaften im Ausland hätten sie gefragt. Sie war nicht sehr gesprächig. Nein, sie haben sie anscheinend nicht geschnappt. Aber vielleicht haben die anderen sie verraten. So der Bekannte.

Jakob fährt in dem betreffenden Jahr nicht ins Banat. Einmal kommt ein Brief von Silvia auf Umwegen. Jemand hat ihn mitgebracht und in Deutschland eingeworfen. Sie liebe ihn, schreibt Silvia, der Satz kommt mehrmals in dem Brief vor. Sie könne jetzt aber weder schreiben noch könne sie ihn treffen. Diesmal sei es eine Ausnahme, eine Gelegenheit. Sie wisse nicht, wann sich so eine Gelegenheit wieder ergebe. Es sei gefährlich, auch für ihn. Sie müsse ihn leider bitten, sich vorläufig nicht zu melden. Sie müßten Geduld haben, und ein Weg werde sich schon finden. Das Wort Weg ist unterstrichen. Jakob sieht auch jetzt den Satz vor sich. Er hat den Brief immer wieder gelesen. Er ist nicht mit ihrem Namen unterzeichnet, nur ein Kosewort, das sie füreinander haben, steht darunter, und es ist ihre Schrift. Die hätte er von hundert anderen unterscheiden können.

Das rumänische Sprichwort

Drei Jahre lang ist Jakob nicht ins Banat gereist. Dann erreicht ihn plötzlich in Nürnberg eine Karte mit rumänischer Briefmarke. Ihre Schrift. Tut mir leid. Ich habe geheiratet. Vergessen wirs. S. Darunter schnell und nachträglich, mit anderem Kugelschreiber, wahrscheinlich noch auf dem Postamt: Es war schön. Schade.
Sie hat aufgegeben, sagen die Bekannten. Sie hat einen Rumänen geheiratet. Keinen aus unserer *gaşca,* aus unserer Truppe. Einen Fremden. Sie hat ihn beim Fluchtversuch kennengelernt, sagt jemand. Und eine gemeinsame Freundin, die Jakob später bei einem Besuch in Temeswar trifft, sagt, ja, so ist das eben, *ochii, care nu se văd, se uită.* Es ist ein rumänisches Sprichwort. Die Augen, die man nicht sieht, vergißt man. Sie sagt es rumänisch, obwohl sie deutsch sprechen, und das Sprichwort steht fremd und wahr mitten in dem Gespräch in der Konditorei am Korso.

Der Narr vor dem Parlament

Vor dem Parlament steht der Narr mit seiner Flagge und seinem vollgeschriebenen Transparent. Er steht da am Geländer wie ein Dauerprotestierer. Die Fahne ist die Staatsflagge, und auf dem Transparent steht ein Text, den keiner zur Kenntnis nimmt, der wohl auch keinem was sagt. Manchmal fotografiert ein gelangweilter Tourist, der wirklich schon alles fotografiert hat, den Narren vor dem Parlament. Dann stellt sich der Narr, den sonst keiner wahrnimmt, auf das Geländer und breitet die Arme aus. Er verharrt eine Weile schweigend in dieser Pose zum Parlament hin, als wollte er jemanden umarmen, als wollte er fliegen, dann stellt er sich wieder hinters Geländer, als sei nichts gewesen. Niemand beachtet den Narren vor dem Parlament. Weder die Abgeordneten, die schnell ins Innere verschwinden, noch die Journalisten, die immer mal auf jemanden oder auf etwas warten, noch die Wachleute, die überhaupt niemanden zur Kenntnis nehmen, oder die Passanten, die geschäftig über den Platz eilen. Der Narr steht den ganzen Tag mit seiner Flagge, die die Staatsflagge ist, und mit seinem Transparent vor dem Parlament. Am Abend, wenn es dunkel wird, rollt er das Transparent zusammen, klemmt sich die Fahne unter den Arm und verschwindet. Niemand weiß wohin. Es interessiert ja auch keinen, daß er am nächsten Morgen pünktlich wieder da ist, die Fahne aufstellt, das Transparent ausrollt, aufs Geländer steigt und die Arme ausbreitet. Zur Umarmung, zum Fliegen.

Der Ansprecher

Der Ansprecher betritt die U-Bahn, und er ist sofort zu hören. Der Ansprecher ist nicht allein hereingekommen. Er ist zwei jungen Mädchen gefolgt, auf die er nun einredet, in einem gebrochenen Deutsch, eigentlich sinds nur ein paar Worte, die er immer wieder untereinander kombiniert. Die beiden Mädchen, Schülerinnen auf Ferienreise, wie sich herausstellt, beteiligen sich halb amüsiert, halb verlegen an dem viel zu lauten Gespräch, zu dem die Umstehenden ungewollt Zugang finden. Das Gespräch ist gar kein Gespräch, es simuliert nur ein Gespräch. Es geht um Orte und Aufenthaltszeiten, Reisen und Sprachkenntnisse und Uhrzeiten, bis dem Ansprecher überhaupt nichts mehr einfällt, weil jedes Thema mangels Sprachkenntnissen seinerseits und wenig Kooperation seitens der beiden deutschen Mädchen kaum länger als ein paar Worte dauert. Eigentlich wird gar nichts mitgeteilt, es werden Substantive hin und her geschoben, und man nickt dazu. Als der Ansprecher nicht mehr weiter weiß, reicht er den Mädchen die Hand und sagt seinen Namen und zwingt sie nun ihrerseits, ihre Namen zum Vergnügen der Umstehenden zu sagen. Die U-Bahn hält, und sie steigen sofort aus. Der Ansprecher streicht seine Krawatte glatt, er ist sorgfältig gekleidet, Mitte Dreißig, etwas zu sorgfältig für diese hastige Mittagsstunde. Aber in dieser Stadt ist das keine Ausnahme und fällt auch nicht weiter auf. Zwei Stationen weiter steigt eine Afrikanerin zu und bleibt in der Nähe des Ansprechers stehn. Er blickt mehrmals zu ihr hin, dann greift er in die Innentasche seines Rocks und nimmt eine Packung Bonbons heraus.

Er nimmt ein Bonbon, dann reicht er der Afrikanerin die Packung und zeigt auf seinen Hals, Halsbonbons sagt er, sind gut für den Hals. Die Afrikanerin lacht das Lachen der Fremden und greift nach einem Bonbon. *Thanks*, sagt sie, und der Ansprecher beginnt sofort in einem furchtbaren Englisch auf sie einzureden, es sind nur ein paar Worte, mit denen er zu erklären versucht, daß er nur wenig Englisch könne, Deutsch besser, er habe in Deutschland gearbeitet, und ob sie nicht Deutsch könne. Sie verneint lachend und sagt, sie spreche nur Englisch und Französisch, diese beiden Sprachen beherrsche sie, Italienisch *niente*, sagt sie und lacht, und er lacht ebenfalls. Sagt ein paar Worte in einem schauderhaften Französisch und wechselt dann wieder zum Englischen und versucht nun, der Afrikanerin seinen Beruf, etwas mit Fernsehen, zu erklären, aber er schafft es nicht, und so greift er plötzlich in die Rocktasche und zieht einen Kugelschreiber hervor, den er der Afrikanerin vors Gesicht hält, während er mehrfach das Wort *Adress* sagt und auf sie zeigt. Sie schüttelt nur verneinend den Kopf, ist für einen Augenblick ernst, dann lacht sie wieder, die U-Bahn hält, und sie steigt schnell aus. An diesem Bahnhof steigen viele aus. Sitzplätze werden frei. Der Ansprecher setzt sich auf einen der freigewordenen Sitze und schweigt nun wie alle anderen. Am nächsten Bahnhof steigt er aus.

Der Kommandant

Das Polizeigebäude befindet sich zwei Straßen weiter. Vorher war es die Miliz. Vor der Revolution, wie es nun heißt. Und seit dieser Revolution sind drei Wochen vergangen. Drei Wochen, in denen sich alles und nichts verändert hat. Im Fernsehen, wo zuletzt nur noch die Beweihräucherung der Diktatorenfamilie stattfand, reden jetzt die Popen, aber in den Ämtern sitzen überall die Leute, die auch vor dem Dezember dort gesessen haben. Sie haben ein Lächeln im Gesicht, das zu ihrem Gesicht gar nicht passen will. Ja, man kann nicht alles über Nacht verändern. Plötzlich nehmen sie auch keine Bestechungen mehr an. Sie weisen diese ab mit den gleichen Gesten, mit denen sie sie bisher angenommen haben. Und sie lächeln. Ja, es muß alles anders werden. Wir haben jetzt eine große Chance. Dann steht Dana vor dem Polizeigebäude, das sie vor der Revolution nie freiwillig betreten hätte. Zu viele Geschichten waren über dieses Gebäude im Umlauf. Man wich der Miliz lieber aus. Man ging ihr aus dem Wege.
Nun steht Dana im Eingang, von einem einzigen Gedanken getrieben: den Diebstahl des Kassettenrecorders anzuzeigen. Sie steht vor dem wachhabenden Polizisten, und plötzlich sagt sie, mitten in ihren Erklärungen, ich muß zum Kommandanten, wir haben jetzt eine Demokratie, ich muß ihm das alles sagen. Sie ist selbst erstaunt über ihre Äußerung. Der Polizist sieht sie für einen kurzen Augenblick mit seinem Milizblick scharf an, dann tritt er zur Seite, weist ins Gebäude und murmelt eine Zimmernummer. Dana geht an dem Polizisten vorbei ins Gebäude hinein, und wer sie jetzt

sieht, hätte nie vermutet, daß sie das Gebäude zum erstenmal betritt.
Im Gebäude herrscht das zur Routine gewordene Chaos dieser Tage. Überall stehen Leute herum, uniformierte und zivile. Polizisten, Soldaten, Zivilisten gestikulieren heftig und reden miteinander. Alles ist in Bewegung und keiner beachtet Dana. Sie gelangt ungehindert zu der vom Diensthabenden genannten Tür. Diese steht weit offen. Leute kommen heraus, andere gehen hinein. Dana betritt den Raum, in dem mehrere Schreibtische stehen, hinter denen Uniformierte sitzen. Überall sind Leute und reden, rufen sich etwas zu, Telefone klingeln. Am ersten Schreibtisch sagt Dana nur, der Kommandant, sie sagt es fragend und fordernd zugleich, und der Uniformierte hinter dem Schreibtisch hebt kurz den Kopf und deutet in den Hintergrund des Raumes, wo ein Armeeoffizier gerade telefoniert. Der ganze Raum hat den Anschein eines Provisoriums, als wäre die Revolution noch im Gange.
Dana stellt sich vor den Schreibtisch des Armeeoffiziers. Aus ihrer militärischen Ausbildung der Schulzeit erkennt sie an den Schulterstücken, daß es sich um einen Oberst handelt. Sie wartet, bis er das Telefongespräch beendet hat, dann blickt sie ihn fest an, sagt, sie komme von der Entwurfsabteilung des Betriebs Soundso und habe etwas Wichtiges zu melden. Er nickt, schaut in die Runde, als wolle er ihr einen Stuhl anbieten, aber es ist kein Stuhl da, und sie beginnt ihm die Geschichte von der Hilfsaktion und dem verschwundenen Kassettenrecorder zu erzählen, wobei sie in mehreren Variationen den Satz, das dürfe es doch nach der Revolution nicht mehr geben, wiederholt. Der Kommandant hört zu, lächelt, und als sie einen Augenblick innehält, sie ist außer Atem geraten, sagt er unvermittelt, willst du nicht

Polizistin werden? Er benutzt bei der Anrede das rumänische *Dumneata*, das zwischen Sie und Du liegt, eine gewisse Vertrautheit herstellt und zwischen Vorgesetzten und Untergebenen, zwischen Ranghöheren und Rangniedrigeren ein Privileg des Chefs darstellt, das eine Spur der persönlichen Verpflichtung erzeugt. Dana sieht ihn sprachlos an. Ja, sagt der Kommandant, warum willst du nicht Polizistin werden? Gerade jetzt brauchen wir Leute wie dich. Wenn sich hier alles ändern soll, brauchen wir neue Leute. Wie du siehst, bin ich Armeeoffizier, ich bin auch erst seit drei Wochen da. Na, wie ists? Er blickt sie aufmunternd an. Du kannst dann selbst die Geschichte mit dem Kassettenrecorder aufklären und die vielen anderen Geschichten dieser Art, die sich jetzt überall abspielen. Also, du mußt ja nicht sofort ja sagen, überleg es dir, aber überleg es dir rasch, ich stell dir schon mal einen Passierschein aus, und das hier ist meine Telefonnummer. Schon reden andere Leute auf den Kommandanten ein. Dana nimmt das Papier, bedankt sich, und als sie sich umdreht, ruft ihr der Kommandant nach, ich warte auf deine Entscheidung. Dana nickt, verläßt den Raum, das Polizeigebäude, geht langsam die Straße zum Betrieb zurück.

Der Mann an der Kreuzung

An der Straßenkreuzung, mitten in der Stadt, steht ein zappelnder Mann und zieht seine Show ab. Die Kreuzung ist vollgestopft mit Fahrzeugen, und vor der Stelle, an der der Mann sich aufhält, hält gerade ein Bus. Es ist ein großer Reisebus, vollbesetzt mit Touristen, deren Gesichter an der Scheibe kleben, sie sind erpicht auf Sensationelles, ihre Augen gehen überall hin, sie haben Angst, etwas zu versäumen. Der Mann hält in der Linken einen Stock, den er wie einen Marschallstab rauf und runter bewegt. Er trägt Kopfhörer, ein Kopfhörerradio mit einer kleinen Antenne, das neben seinem linken Ohr hochsteht, so daß man den Eindruck hat, er sei ferngesteuert. Der Mann zappelt mit Händen und Füßen, springt hoch und schneidet immer neue Grimassen in Richtung der Insassen des Busses, immer neue wie ferngesteuerte Grimassen, und die Leute im Bus haben die ausdruckslosen Gesichter an den Scheiben und können sich nicht sattsehn an den Grimassen des Mannes draußen, und einer hat einen Fotoapparat und fotografiert noch rasch durch die Scheibe, bevor der Bus mit einem Ruck über die freigewordene Kreuzung fährt und den zappelnden Mann, den hüpfenden, zurückläßt.

III
Verabredung in Triest

Es sollte nicht sein

Jakob sucht bei seinen Besuchen im Banat Silvia nicht. Sie wünscht es ja nicht, und er hätte sich auch nicht dazu entschließen können. Er weiß nicht, wo sie sich aufhält. Sie ist nicht mehr in der Stadt, sagen Freunde, sie ist durch die Zuteilung nach Siebenbürgen gelangt. Ihr Mann stammt von dort. Jakob hat zögernd nach ihr gefragt, man hat ihm auch die Stadt genannt, es ist eine Kleinstadt im Süden Siebenbürgens. Er hätte hinfahren können, und er hätte sie dort an der Schule, an der sie Deutsch unterrichtet, sicher gefunden. Aber wozu? Jeder Satz wäre nur ein Vorwurf gewesen. Was hätten sie sich schon sagen können? Es ist vorbei. *Nu a fost să fie.* Es sollte nicht sein. Auch so ein rumänisches Sprichwort, eines von jenen resignativen, die er nicht leiden kann. Vielleicht hätte sie so einen Satz gesagt. Oder sie hätte gar nicht mit ihm gesprochen. Sie war ja verheiratet, er hätte ihr nur Schwierigkeiten gemacht. Wäre sie in der Stadt geblieben, hätte er sie vielleicht besucht. Vielleicht.

Aber es gibt ja nichts aufzuklären. Es ist alles klar. Ihre Beziehung ist aussichtslos gewesen. Jakob ist mit seinen Eltern nach Deutschland ausgewandert. Sie haben vor vielen Jahren eingereicht, wie man im Banat sagt. Den Paß beantragt. Als sie den Antrag stellen, ist Jakob noch ein Kind. Er weiß noch gar nichts von der Bedeutung dieses Antrags. Er sieht nur die ernsten Gesichter der Eltern und hört den Satz: Wir gehn nach Deutschland.

Die ausländische Zeitung

Ich stehe im Bahnhof, in der Bahnhofshalle, im chaotischen Getriebe des Spätvormittags, ich stehe vor einem der Zeitungsstände, ich stelle mich vor den Mann, der bedienen sollte aber auf eine Zeitschrift herunterblickt, die auf dem Pult vor ihm liegt, nicht dem Kunden entgegen. Ich versuche, mich bemerkbar zu machen, indem ich ihn anblicke, fest anblicke, aber er schaut nicht auf, und die Frau neben ihm macht sich im Hintergrund an den Regalen zu schaffen. Ich blicke den Mann an und verlange laut nach einer französischen Zeitung. Er blickt endlich auf, und wiederholt mit ausgesucht korrekter Betonung den von mir genannten Zeitungstitel. Er spricht ihn korrekter aus, als ich es getan hatte, nickt zufrieden wie zu sich selbst, wirft einen gelassenen Blick hinter sich auf das Regal mit den ausländischen Zeitungen, greift bedächtig die von mir verlangte Zeitung heraus und legt sie vor mich auf das Pult. Ich frage nach dem Preis, er nennt ihn, zweitausendzweihundert Lire sagt er, ich reiche ihm zwei Münzen und dann den Schein, einen Zehntausender, achttausend muß er also herausgeben. Er greift in die Kasse und gibt mir auf einen Fünftausender heraus. Ich bin sofort wütend und sage mit scharfer Stimme, während ich das herausgegebene Geld hochhalte, nicht mit mir. Nicht mit mir, sage ich, und meine Augen blicken scharf, und plötzlich ist auch die Frau wieder neben ihm und sagt mit sanfter Stimme, er wollte Ihnen ja gerade den Fünftausender geben, sagt sie und blickt aus leeren, schöngeschminkten Augen, und er reicht mir wortlos einen Fünftausender, und beide blicken ruhig aus ihren leeren Augen auf mich, den Spinner, wie Leute, denen die Hektik dieses Bahnhofsvormittags nichts, aber auch gar nichts anhaben kann. *Grazie*, sage ich, danke, und gehe.

Die Verkehrspolizistin und die Autofahrerin

Die Verkehrspolizistin steht mitten auf der Fahrbahn, kurz vor der Kreuzung, und macht sehr bestimmte Zeichen zu einem Auto hin. Sie geht an das Auto, in dem eine junge Frau sitzt, dicht ran, und sagt zu der Frau ein paar sehr bestimmte Sätze. Immer wieder die gleichen Sätze, die von der jungen Frau im Auto ebenfalls durch ein paar gleichbleibende Sätze beantwortet werden. Die Polizistin, die einen Formularblock und einen Kugelschreiber in der Hand hält, will die Papiere sofort sehen, auf der Stelle, hier im dichtesten Verkehr der Mittagsstunde. Sie stellt sich vor das Auto und macht damit jede Weiterfahrt unmöglich. Die anderen umfahren schon seit einer Weile das angehaltene Auto. Die Fahrerin erklärt immer wieder, sie wolle zuerst an den Bordstein ranfahren, halten. Die Polizistin schüttelt nur den Kopf, sie befürchtet, die junge Frau werde einfach davonfahren. Sie hat zwar das Autokennzeichen aufgeschrieben, immer vor der Motorhaube stehend, und nur mit flüchtigen Blicken das Kennzeichen abgelesen, darin hat sie Übung, aber das genügt ihr nicht. Sie will den Fall persönlich abwickeln, und die Fahrerin will dies offenbar nicht. Die Frauen reden immer heftiger aufeinander ein, da kommt ein Kollege der Polizistin, sagt ein paar Worte zu der jungen Polizistin, die schüttelt den Kopf, zeigt auf die Fahrerin, die sich nun an den Polizisten wendet und diesem ihren Standpunkt zu erklären versucht, alles durch das heruntergekurbelte Seitenfenster. Der Polizist erweckt den Eindruck, er höre zu, er höre sowohl der Kollegin wie der Fahrerin zu, sein Gesicht zeigt dabei keinerlei Regung. Nach einer Weile zeigt er gelassen auf die gegenüberliegende Seite der Kreuzung, dort parken Sie, sagt er zur Fahrerin, und dann erledigen wir den Fall. Er überquert mit der Kollegin, die unentwegt auf ihn einredet, die Kreuzung, die Fahrerin fährt hinter ihnen her, parkt auf Geheiß den Wagen neben dem Zeitungsstand, steigt schwungvoll aus und beginnt sofort und übergangslos auf den Polizisten einzureden. Er macht bloß sparsame Zeichen mit der Hand, bitte hierhin, sagt er offenbar, will er sagen, und während die beiden Frauen heftig auf ihn einreden, verschwinden alle drei hinter der Ecke, in die schmale Seitenstraße und sind aus meinem Blickfeld verschwunden.

Maria Theresia

Jakob wächst in einem schwäbischen Dorf nordwestlich von Temeswar auf. Schwäbisch ist nicht ganz richtig. Die Hälfte der Bewohner sind Deutsche, die andere Hälfte Serben. So ist es schon vor dem Krieg gewesen. Nach dem Krieg kommen Rumänen dazu. Sie und die Serben haben die Verwaltungsposten im Dorf. Die deutschen Dorfbewohner, die sich Schwaben nennen und einen Dialekt sprechen, den es so in Deutschland nicht gibt, arbeiten zum Teil in der LPG, zum Teil fahren sie in die Stadt in die Industriebetriebe, vor allem die Jungen. Sie pendeln. Morgens, wenn es noch dunkel ist, eilen sie zum Zug, am frühen Abend sind sie wieder da. Unsere Vorfahren sind im 18. Jahrhundert eingewandert, heißt es. Das wichtigste Fest des Jahres ist die Kirchweih. Kerwei, sagen sie im Dialekt. Die deutschsprachige Regionalzeitung der Partei schreibt, es sei ein Mischdialekt, den die Leute sprechen, hier entstanden aus den verschiedenen süd- und westdeutschen Mundarten, die die Leute mitbrachten. Sie sind aus verschiedenen Gegenden gekommen. Maria Theresia hat uns gerufen, sagt der pensionierte Dorflehrer. Er greift ins Bücherregal und zieht ein dickleibiges Buch heraus. Den »Großen Schwabenzug« von Adam Müller-Guttenbrunn. Er gibt dem zwölfjährigen Jakob das Buch, und Jakob liest es.

Die Rumänen

Im Dorf wird Rumänisch nur mit den wenigen Rumänen gesprochen und mit den Serben. Das Serbische lernen die meisten Deutschen nicht, so wie die Serben das Deutsche nicht lernen. Die Deutschen sprechen untereinander ihren Dialekt. In der Dorfschule gibt es jeweils zwei Parallelklassen mit deutscher und serbischer Unterrichtssprache und eine mit rumänischer. Rumänisch wird als Fach auch in den serbischen und deutschen Klassen unterrichtet. Jakob spricht ziemlich schlecht Rumänisch, als er ins Lyzeum in die Stadt kommt. Seinen ersten näheren Kontakt mit Rumänen bringt die Stadt, das Lyzeum. In Jakobs Schulklasse sind Rumänen und Deutsche. Es sind Schüler aus der Stadt und Schüler vom Dorf. Die Rumänen sind alle aus der Stadt. Sie haben einen für Jakob neuen, ungewohnten Stil. Es sind meist Kinder aus, wie man früher sagte, besseren Familien, Kinder von Ärzten, Lehrern, Ingenieuren, die ein Wissen haben, das den schwäbischen Dorfkindern fremd ist. Zu diesen haben die Rumänen der Stadt anfangs ein deutlich ironisches Verhältnis. Der Grund dafür geht den Dorfkindern zuerst gar nicht auf. Sie haben bloß den Eindruck, sie hätten es mit hochnäsigen Städtern zu tun. Auf die Dorfkinder wirken die Rumänen der Stadt eher exotisch. Sie sprechen ein Gemisch von Deutsch und Rumänisch in den Schulpausen, manchmal sprechen sie nur Rumänisch, aber auch dann gebrauchen sie bestimmte deutsche Ausdrücke, so wie sie, wenn sie Deutsch sprechen zwischendurch auch immer rumänische Wörter sagen. Es gibt noch eine dritte Art von Kollegen. Das sind die Deutschen aus der

Stadt, in der Regel aus der Vorstadt. Sie sprechen eine Umgangssprache, ein städtisches Umgangsdeutsch, das den Dorfkindern ebenfalls fremd klingt, und sie versuchen, sich auffallend dem Benehmen der Rumänen anzupassen.

Fräulein Sergeant

Dana liefert im Polizeipräsidium ihr Anstellungsgesuch ab. Der Offizier grüßt sie diesmal nur mit einer Handbewegung und weist eine Sekretärin an, sich mit ihr zu beschäftigen. Er hat viel zu tun. Mehrere Leute reden auf ihn ein. Bei all den Leuten, denkt Dana, er hat mich wiedererkannt, er hat doch täglich mit Hunderten zu tun. Sie ist immer noch nicht ganz überzeugt von der Richtigkeit ihrer Entscheidung, aber die kurze Begrüßung, die Anwesenheit des Offiziers bestärken sie in ihrem Vorhaben. Sie reicht das Gesuch der Sekretärin, es wird eingetragen, und die Frau sagt sehr freundlich, man werde sie wegen des Anstellungsgesprächs in ein paar Tagen verständigen, man werde sie im Betrieb anrufen, die Anstellung sei so gut wie sicher.
Drei Tage später wird sie tatsächlich im Büro angerufen und für den nächsten Morgen um acht ins Polizeipräsidium bestellt. Die Kollegen im Büro tauschen vielsagende Blicke. In der Nacht schläft Dana schlecht. Sie erscheint pünktlich im Polizeipräsidium. Außer ihr sind vier weitere junge Leute da. Alles Mäner. Sie warten auf dem Gang. Was, du willst auch Polizist werden, sagt der eine und grinst. Na ja, wir haben jetzt Demokratie, fügt er augenzwinkernd hinzu. Kollegin, sagt er mit einem unverkennbaren Unterton, und die anderen lachen. Sie werden einzeln in das Büro gerufen. Drin sitzen an einem Tisch drei Männer, zwei Blauuniformierte und einer in Zivil. Einer der Blauuniformierten zeigt auf einen Stuhl, dann stellen sie Dana ein paar Fragen nach Ausbildung, Familie und Adresse. Alles, was sie fragen, steht auch in ihrem Gesuch, und dann fragen sie noch

nach ihren Gründen, warum sie denn Polizistin werden wolle, und Dana erzählt die Geschichte mit dem Kassettenrecorder, und dann sagt sie ein paar Sätze, die denen, die der Offizier bei ihrer ersten Begegnung zu ihr gesagt hat, sehr ähnlich sind. Die Männer nicken und sagen, ihrer Anstellung stehe nichts im Wege, allerdings sei noch eine ärztliche Untersuchung nötig, in etwa drei Wochen werde man ihr wahrscheinlich die Anstellung bestätigen können und ihr die Dienststelle nennen, wo sie arbeiten werde.

Als Dana das Büro verläßt und auf der Straße steht, fühlt sie sich wieder unsicher. Sie kann den Grund nicht nennen, es ist eher ein Gefühl. Sie geht zur vorgesehenen ärztlichen Untersuchung. Es vergehen drei Wochen, dann wird sie wieder im Büro ans Telefon gerufen. Das Polizeipräsidium teilt ihr mit, sie möge sich am nächsten Morgen einfinden, um ihre Anstellungspapiere entgegenzunehmen, die Anstellung sei genehmigt. Dana ist nervös. Einen Augenblick hat sie mit dem Gedanken gespielt, es könnte eine Ablehnung sein, aber es ist keine Ablehnung. Sie hätte es vielleicht sogar aufatmend aufgenommen, wenn es eine Ablehnung gewesen wäre. Sie arbeitet an diesem Tag unkonzentriert. Einmal kommt der Chef an ihren Tisch und sagt, du verläßt uns also, nur soviel sagt er, und sie nickt und blickt auf ihren Zeichenbogen.

Am nächsten Morgen händigt man ihr im Polizeipräsidium den Arbeitsvertrag aus. Es ist eine Sekretärin, an die man sie verwiesen hat, nicht die, bei der sie den Antrag gestellt hat, eine andere, ihr fremde. Die Sekretärin teilt Dana mit, daß sie ab 15.2. bei der Meldestelle des Polizeipostens in ihrem Städtchen arbeiten könne, eingestuft sei sie als Zivilangestellte. Dana blickt verwirrt hoch und sagt, wieso Zivilangestellte, warum Meldestelle, ich will doch Polizistin werden, Untersuchungen durchführen. Sie stockt, sucht nach Worten, die ihr unter dem Lächeln der Sekretärin, diesem wissenden Lächeln der älteren Beamtin, nicht einfallen wollen. Diese winkt einem Mann, der neben der Tür steht, an der Wand lehnt und den Dana in ihrer Aufregung gar nicht bemerkt hat, und der Mann kommt an den Tisch. Es ist der Mann in Zivil aus der Kommission von vor drei Wochen. Dana erkennt ihn wieder, und der Mann sagt nun freundlich, dafür habe Dana doch keine Ausbildung, und auch die medizinische Untersuchung, die Ergebnisse der medizinischen Untersuchung entsprächen nicht den Anforderungen, den hohen Anforderungen, sagt er, sie werde das doch wohl verstehen. Man könne sie zur Zeit nur als Zivile anstellen. Einen Dienstgrad kriegst du auch so, und später, er macht eine entgegenkommende Handbewegung, werde man sehn. Vielleicht, fügt er hinzu, und sein Lächeln hört nicht auf. Aber der Herr Kommandant, erwidert Dana. Der Herr Kommandant ist Armeeoffizier, sagt der Mann achselzuckend, als wollte er den Offizier entschuldigen. Im übrigen ist er auch nicht mehr bei uns. Dana ist nun vollends verunsichert. Wieso, sagt sie, und der Mann sagt, er ist doch Armeeoffizier und als solcher zu seinen Armeeaufgaben zurückgekehrt. Armee und Polizei sind zwei verschiedene Dinge. Also unterschreib hier, sagt er und zeigt auf den Vertrag, und Dana greift nach dem Kugelschreiber, den ihr die Sekretärin wortlos reicht, und unterschreibt. Meinen Glückwunsch, sagt der Mann und reicht ihr die Hand. Am Fünfzehnten meldest du dich bei deiner Polizeidienststelle. Der Dienstgrad ist übrigens Sergeant. Auf Wiedersehen, Fräulein Sergeant.

Albergo diurno

Im Untergeschoß des Bahnhofs ist die *albergo diurno.* Sie liegt zwischen U-Bahn und Bahnhofshalle. Zur tageslichtlosen *albergo* gehören ein großer Barraum und ein ebenso großer Friseursalon. Soviel jedenfalls ist durch die großen Scheiben von außen festzustellen. Innen, im Hintergrund, schließen sich bestimmt weitere Räume an, Toiletten, Duschen, stelle ich mir vor. Alles ist da, außer Betten. Die *albergo diurno* ist seit Wochen geschlossen. An den Türen kleben große Zettel mit Bekanntmachungen. Aus Gründen der öffentlichen Ordnung und Moral sei die *albergo* für sechs Monate geschlossen, heißt es auf dem einen Plakat in Maschinenschrift. Auf dem anderen steht handschriftlich, die Betroffenen, die nichts mit den Gründen für die Schließung zu tun hätten, die Angestellten, die Barfrauen, die Friseure, die Toilettenfrauen, sie alle befänden sich nun auf unbestimmte Zeit im Sitzstreik. Und blickt man durch die gläsernen, verschlossenen Türen, sieht man mitten in dem riesigen Barraum, im Dämmerlicht der Lampen, eine kleine schweigende Runde auf klapprigen Holzstühlen sitzen, Zeitung lesend oder einfach vor sich hin schauend, eine in dem großen Raum verloren wirkende, unbewegliche Runde. Niemand sonst ist in dem Raum, wo immer zahllose Afrikaner saßen, in lange Gespräche vertieft, oder in lang anhaltende Blikke. Niemand ist zu sehn, niemand wartet vor der Bar, und im Frisiersalon sind die Rolläden zu. Ich stelle mir die langen Reihen der Frisierstühle vor, die langen leeren Reihen der Frisierstühle in der Dunkelheit des abgeschlossenen Raums. Vor Wochen noch war hier ein ständiges Kommen und Gehen, ein Warten in den Blikken und ein Hoffen in den Worten, ein Ort, wo Ungewißheit überbrückt wurde. Nun ist das alles weg, durch eine Entscheidung der Bahnhofsverwaltung zum Verschwinden gebracht. Die öffentliche Ordnung ist wieder hergestellt, die Bediensteten des Wartens, die Barfrauen, die Friseure sind nun selbst zu Wartenden geworden, die Ungewißheit ihrer Kunden ist nun ihre eigene. Sie bedienen sich selbst und blicken ratlos auf ihre Beschäftigungslosigkeit. Ach, könnten sie doch Reisende sein.

Clarissa

Ich glaube, Clarissa liebt mich. Ich weiß es nicht so genau, ich habe sie nicht gefragt. Sie kommt und geht, und sie ist nah. Wir haben unserer Liebesbeziehung keine Zukunft erlaubt. Wir sind zusammen. Das ist alles. Clarissa kommt morgens in meine Wohnung zum Frühstück. Danach fährt sie arbeiten, und ich gehe in die Stadt. Aber meine Zeit hier hat ein Ende. Eines Tages werde ich abreisen, und dann? Darüber sprechen wir nicht. Die Zeit vergeht. Abends ist Clarissa wieder da. Wir reden, wir gehen ins Kino. Clarissa liebt das Kino auf eine andere Art als ich.

Doamna Geta

Danas Arbeit besteht vor allem darin, Karteikarten auszufüllen. Sie teilt das Büro mit Doamna Geta, Frau Geta. Doamna Geta ist Mitte dreißig und wird von allen Doamna Geta genannt. Sie ist unhöflich mit den Antragstellern, und sie ist verärgert, wenn Dana zu den Leuten freundlich ist. Dana erteilt sie ungern Auskünfte. Sie telefoniert viel, und beim Sprechen ist sie darauf bedacht, daß Dana nicht versteht, was sie da telefonisch verhandelt. Jedenfalls scheint sie allerhand undurchsichtige Geschäfte zu betreiben. Doamna Geta hat früher schon bei der Miliz gearbeitet. Zwischen ihr und den Polizisten gibt es eine Vertrautheit zwischen Grinsen und Anspielungen. Es ist eine Welt, von der Dana ausgeschlossen bleibt.
Nur einmal scheint Doamna Geta weniger mürrisch. Sie wird geradezu privat. Sie habe mit ihrer Tochter telefoniert, sagt sie. Die Tochter befindet sich in einem österreichischen Ferienlager für rumänische Kinder. Für einen ganzen Monat, sagt sie. Es ist mir gelungen, sie auf die Liste setzen zu lassen, sagt Doamna Geta, und es ist Stolz, der in ihrem Satz mitschwingt.

Die Großmutter

Jakobs Eltern arbeiten in der LPG, wie die meisten ihrer Generation. Es sind die, die nach dem Krieg, in den ersten Nachkriegsjahren, Erwachsene geworden sind. Das Feld, das die Großeltern besaßen, wird ihnen nach dem Krieg weggenommen. Die Serben laufen fünfundvierzig mit Knüppeln durchs Dorf. Das sagt die Großmutter. *Živio Stalin,* es lebe Stalin, rufen sie und holen das Mehl aus der Kammer und den Weizen, den Mais vom Dachboden, die Pferde, die Kühe aus dem Stall. Ich stehe am Zaun, sagt die Großmutter, und weine, und sie sagen, du Hitleristin, hör auf zu weinen, eigentlich müßten wir dich totschlagen, wie drüben in Serbien Tito das mit eurer Brut macht. Wo ist denn dein Mann, in der SS, was, und ich schüttele den Kopf, sagt die Großmutter, und sie rufen ja, jetzt wollt ihr es alle nicht mehr gewesen sein. Aber wir wissen Bescheid. Wir erinnern uns noch an euren Fahnenappell und euer Eintopfsammeln. Sie nehmen die Pflüge mit und die Eggen, sie gehen. Alles nehmen sie mit, sagt die Großmutter.

Heiliger Antonius

Sonntags vormittags um zehn ist im Dorfkino Matinee. Die Schulkinder sollen jeden Sonntag um zehn im Kino sein, damit sie nicht in die Kirche gehen können. Der Eintritt kostet einen Leu. Die Kinder befinden sich im Kino unter der Aufsicht der Lehrer. Die trauen sich sowieso nicht in die Kirche. Sie fürchten ihre Posten zu verlieren oder mehr. Im Kino werden sowjetische Filme gezeigt, nur sowjetische Filme: Bürgerkriegsfilme, Partisanenfilme, Kriegsfilme. Immer siegt das Gute, und das Gute verkörpert der Sowjetmensch.
An einem dieser Sonntage ist Jakob nicht im Kino. Am Morgen hat seine Mutter entdeckt, daß sein Mantel fehlt. Er ist am Samstag offensichtlich ohne Mantel nach Hause gekommen. Jakob hat nur diesen einen Mantel, und er weiß nicht, wo er geblieben ist. Er muß ihn in der Schule vergessen haben. Das Schulgebäude ist sonntags abgeschlossen. Die Mutter hat an diesem Sonntag morgen ein sorgenvolles Gesicht. Sie ist überzeugt, daß der Mantel bis Montag verschwinden wird. Sie gibt Jakob Geld und sagt, du gehst in die Kirche, und das gibst du dem Heiligen Antonius. Vielleicht hilft er dir, deinen Mantel wiederzufinden.
So geht Jakob an diesem Sonntag in die Kirche, betet zum Heiligen Antonius, wirft das Geld, mit dem er viermal ins Kino hätte gehen können, in den Spendenschlitz und verläßt die Kirche. Er überquert die Straße und steht vor der Schule, deren Eingang seltsamerweise nicht verschlossen ist. Er läuft die Treppen hinauf in den ersten Stock, öffnet die Tür des Klassenraums, blickt über die leeren Bänke nach hinten zum Kleiderhaken,

und dort hängt tatsächlich sein Mantel. Jakob zieht ihn an und verläßt das Gebäude. Ein Blick auf die Kirchenuhr bestätigt, daß es für das Kino viel zu spät ist, auch hat er das Geld ja dem Heiligen Antonius gegeben und dafür den Mantel wiederbekommen. Unschlüssig tritt er den Heimweg an. Montag in der Schule werden alle von dem Film reden, den er nicht gesehen hat, und er wird schweigend zuhören müssen.

Die Schafzüchter

Auf der Hutweide, hinter den Sandhügeln, lassen sich die Schafzüchter nieder. Sie kommen aus den Bergen und bleiben über Winter. Um die Schafe streichen schwarze, zottige Hunde. Die Schafzüchter haben Hütten aus Holz. Sie tragen lange Pelze, und in den Händen halten sie schwere Stöcke. Von den Schafen geht ein scharfer Geruch aus. Einer der Schafzüchter, ein alter Mann, kommt öfter in die Werkstatt von Jakobs Großvater. Er sitzt da, redet. Er redet nicht wie ein Schafzüchter, sagt die Mutter. Er ist kein Schafzüchter. Der war früher mal was Besseres, sagt der Großvater. Die suchen ihn bestimmt und er versteckt sich unter den Schafzüchtern. Der Großvater lacht. Mir solls recht sein, sagt er.

Der Schafzüchter kommt einmal die Woche. Er redet mit dem Großvater über Nichtigkeiten und er ist bemüht, wie ein Schafzüchter zu sprechen, aber in seinen Worten ist ein Ton, der nicht der eines Schafzüchters ist. Der Großvater geht auf seine Worte ein, ersetzt den abgebrochenen Stiel am mitgebrachten Beil und dann, nach vielen Worten und Gesprächen, sagt er, Moş Coşovei, Sie sind kein Schafzüchter, Sie sind doch ein Herr. Der Schafzüchter sieht ihn stumm an, in seinem Gesicht ist nicht festzustellen, ob er die Frage des Großvaters verstanden hat, und sie sprechen weiter, als sei nichts gewesen. Als der Schafzüchter geht, sehen sie sich an und der Großvater sagt, ich verrate Sie nicht, bestimmt nicht. Die wöchentlichen Besuche des Schafzüchters gehen weiter, der Sommer kommt, und die Schafzüchter ziehen in die Berge. Sie kommen im folgenden Herbst und auch im darauffolgenden wieder. Auch Moş Coşovei ist wieder da und sitzt in der Werkstatt des Großvaters. Doch irgendwann bleiben seine Besuche aus, und Jakob fragt, was ist mit Moş Coşovei, er kommt ja nicht mehr. Großvater und Mutter sehen sich an, und Mutter sagt, sie haben ihn abgeholt, wahrscheinlich hat ihn einer verraten. Vor zwei Wochen schon, sagt sie und geht ins Haus. Jakob steht im Hof und sieht den Großvater an. Der nickt und geht in seine Werkstatt.

Bauarbeiter

Nachdem sie die Ausreise beantragt haben, ist Jakobs Vater über Nacht nicht mehr Brigadeleiter. Er führte die Baubrigade der LPG. Die Absetzung geschieht fast wortlos. Der Chef kommt und sagt, du weißt, ich kann dich unter diesen Umständen nicht mehr als Brigadeleiter beschäftigen. Ab morgen bist du Bauarbeiter, wenn du annimmst. Wir nicken beide, der Chef und ich, sagt der Vater. Es ist ja nicht seine Entscheidung. Es ist nicht sein Gesetz. Was soll er machen? Ich bin jetzt Bauarbeiter in meiner Brigade.

Die junge Frau

Eines Abends, in den leeren Seitenstraßen, wo man nur noch den parkenden Wagen ausweicht, kommt mir eine junge Frau entgegen. Ihr Schritt wird unsicher, als sie mich sieht. Sie geht aber unbeirrt weiter, und ist bemüht, sich kein Zögern anmerken zu lassen. So geht sie an mir vorbei. Und während sie an mir vorbeigeht, unbeirrt, und ich sie ansehe, wie jemand, der in einer menschenleeren Straße aus der Gegenrichtung kommt, sehe ich, wie sie mich von der Seite anblickt. Mit einem Blick, der mich einzuschätzen versucht, mit einem einzigen, routinierten Blick, der mich auf die Frage hin abzutasten scheint: Ist er nun gefährlich oder nicht. Ich sehe die Frau an und gehe an ihr vorbei und bin nichts weiter als der potentielle Vergewaltiger, der sich hinter einem betont unbeteiligten Blick verschanzt.

U-Bahn

Immer, wenn ich an den Rolltreppen bin, habe ich den Eindruck, unten fahre gerade die U-Bahn in den Bahnhof ein. Ich renne die Treppen runter, und manchmal ist wirklich die U-Bahn da, die Türen stehn noch offen. Ich rase auf die erste zu, unter den Blicken der Passagiere springe ich in den Wagen, stelle mich neben der Tür auf, geschafft. Dabei hatte ich es gar nicht eilig. Ich habe weder einen Termin noch ein bestimmtes Ziel in der Stadt. Ich bin einfach nur unterwegs – und doch in Eile, sobald ich an der sich unaufhörlich bewegenden Rolltreppe ankomme. Aber der Zug fährt nicht ab. Er hält übermäßig lange. Die Leute wissen schon nicht mehr, was sie mit ihren Blicken anfangen sollen. Einer schaut auf die Uhr, nur um sich zu beschäftigen. Wahrscheinlich nimmt er dabei die Uhrzeit gar nicht wahr. Ich stehe neben der immer noch offenen Wagentür und beobachte, wie die Leute die Rolltreppe verlassen, von der aus die U-Bahn nicht zu sehen ist, und plötzlich lossprinten. Alle rennen sie mit einer unnatürlichen Geschwindigkeit auf die offenen Türen zu, steigen ein, bleiben aufatmend stehen, mit tiefer Befriedigung, einen Augenblick lang, um dann sofort unruhig um sich zu blicken, weil die U-Bahn immer noch nicht abfährt. Jetzt, wo sie doch längst eingestiegen sind. Als hätte die U-Bahn auf sie persönlich gewartet. Die Leute im haltenden U-Bahnwagen schweigen schon die ganze Zeit, keiner sagt etwas, alle warten angespannt auf den Augenblick, in dem sich die Türen schließen und der Zug mit einem Ruck anfährt, und nun tritt dieser Augenblick auch ein, und alles, was davor war, ist sogleich vergessen, wie alles Unwichtige und Unbrauchbare.

Costache

Dana arbeitet seit zwei Wochen auf der Polizeistation. Sie weiß, es ist nicht das, was sie angestrebt hat. Sie weiß, was sie angestrebt hat, ist eine Illusion. Es ist nicht so, daß sich nichts verändert hätte. Aber es ist alles nur an der Oberfläche, und wenn man genauer hinblickt, sieht man unter einer dünnen Schicht überall die Welt von vor dem Dezember, denkt Dana. Es sind die Leute, die sich nicht verändern, denkt sie.

Dana geht über den Hof der Polizeistation und plötzlich steht ein grinsender Typ vor ihr. Es ist Costache. Du, hier, sagt Dana und kommt ins Stottern. Was dachtest du, Costache lacht, für Leute wie mich sei kein Platz mehr in unserem Land. Da täuschst du dich, sagt Costache, da täuschst du dich gewaltig. Leute wie mich braucht man immer. Gerade jetzt braucht man uns, fügt er hinzu. Aber was machst du denn hier, Schönste. Laß dich mal anschaun. Wir waren uns doch mal sehr nahe, du erinnerst dich doch noch, oder? Es ist im Augenblick vielleicht nicht ganz populär, sich an mich zu erinnern, aber das kommt noch. Costache lacht. Ich melde dich, du Schwein, sagt Dana und eilt auf das Bürogebäude zu.

Sie geht zum Polizeichef und sagt, ich habe auf dem Hof Costache getroffen, er war früher bei der Securitate. Wenn der hier arbeitet, arbeite ich nicht mehr hier. Der Polizeichef sieht sie schweigend an und sagt, was hast du denn gegen Costache, es interessiert mich nicht, was du gegen Costache hast, hat er dir mal was angetan? Dana blickt zu Boden und sie ärgert sich, weil sie zu Boden blickt. Es geht mich nichts an, sagt der Polizeichef. Er ist ein Fachmann, sagt der Polizeichef, ich brauche ihn, wir haben eine Menge Probleme. Die Leute haben keinen Respekt mehr, keine Furcht. Schau, was sie machen. Überall wird eingebrochen, dauernd gibts Schlägereien. Ich kann auf Costache nicht verzichten. Dann gehe ich, sagt Dana. Für dich finde ich jederzeit Ersatz, sagt der Polizeichef, für Costache nie.

Zukunft

Wenns nur schon bald wäre, sagt Jakobs Mutter. Denn mit den Anträgen auf Auswanderung hat das Warten begonnen. Die unerträgliche Zeit des Wartens. Das Leben ist ein provisorisches geworden. Man ist noch hier, aber schon weg. Hier gibts keine Aussichten mehr, es gilt nur noch, den Lebensunterhalt zu verdienen. Die Zukunft ist woanders. Das halbe Dorf redet von dieser anderen Zukunft. Manchmal schreibt die Zeitung gegen das Auswandern. Ab und zu kommen blaue Briefe, Absagen, in die Häuser, dann wieder kommt auch eine Genehmigung. Die haben bezahlt, heißt es dann hinter vorgehaltener Hand. So wächst Jakob auf und hat seine Zukunft in einem Land, das er nur vom Hörensagen kennt.

Deutschländer

Die Kinder sollen es einmal besser haben, sagen Jakobs Eltern immer wieder, wenn sie abends mit Nachbarn in der Stube sitzen. Sie sagen es voller Zuversicht, zeigen sich gegenseitig die Briefe der Verwandten aus Deutschland, sagen wieder den Satz von den Kindern, und schon klingt er so, als wollten sie sich das, was er besagt, einreden. Was schreiben denn eure Deutschländer, lautet einer der Eröffnungssätze bei den abendlichen Gesprächen. Als Deutschländer werden die bereits ausgewanderten Verwandten bezeichnet. Dann werden die Briefe hervorgeholt, und es wird vorgelesen und kommentiert. Von Wohnungen und Waschmaschinen und Tiefkühltruhen, von Autos und Arbeit ist die Rede. Immer wieder von Gegenständen, von leuchtenden Gegenständen und von der Art der Arbeit, die diese Gegenstände möglich macht. Die Jahre vergehen, und die Briefe werden zahlreicher. Die Deutschländer immer mehr und die bekannten Gesichter im Dorf weniger.

Die mit den blauen Briefen sind noch da. Auch Jakobs Eltern haben eines Tages einen blauen Brief bekommen. Jakobs Mutter hat geweint, und Jakobs Vater hat viel Pflaumenschnaps getrunken. Raki. Mehr als sonst, und hat nur gesagt, wir lassen nicht nach, womit er meinte, wir geben nicht auf. Zuletzt hat er nur noch gelallt. Sie schreiben immer wieder neue Anträge, Briefe an allerlei Behörden in Rumänien und im Ausland. Der Vater bringt Adressen mit von seinen sonntäglichen Kartenrunden. Bei diesen Kartenrunden wird ausschließlich von Auswanderungsmöglichkeiten geredet. Der Vater trifft sich nur noch mit Leuten, die sich in der gleichen Situation befinden wie er.

Rouge et Noir

Das Kino heißt Rouge et Noir. Es ist sechzehn Uhr, der Beginn der ersten Nachmittagsvorstellung. In den Saal drängen fast nur Männer, Nachmittagsgestalten mit langsamem Gang und unsicherem Blick. Nur eine einzige Frau ist im Saal, dem Gesicht nach eine Ausländerin. Sie sitzt am Rand der Stuhlreihe, daß man sie nicht einkeilen kann, daß sie gegebenenfalls rasch aufstehen kann, jederzeit eine Ausweichmöglichkeit hat. Es wird ein erotischer Film eines bekannten Skandalregisseurs gezeigt, der Film hat schon vor der Premiere für Schlagzeilen gesorgt, und in den Kritiken war nach seiner Vorführung zu lesen, daß es nicht ausgeschlossen sei, daß der Film verboten werde. Es läuft also ein noch nicht verbotener Film. Die Nachwuchsschauspielerin, die die Titelrolle spielt, ein junges Mädchen, das in den Fünfzigern in die Freudenhäuser eingeführt wird, ist die neueste Entdeckung des Skandalregisseurs, der schon mehrfach für weibliche Karrieren in der Filmbranche gesorgt hat. Ein fröhliches Mädchen tritt uns von der Leinwand entgegen, daß alle Hemmungen verloren hat. Die Nachwuchsschauspielerin trägt den Vornamen Deborah, einen Fernsehfilmnamen von vor zwei Jahrzehnten. Sie hat große Brüste. *Paprika di Pola, culo che consola,* Paprika aus Pola mit dem tröstenden Arsch, sagt sie im Film als Anmache, sie, das Flüchtlingsmädchen aus Pola in Istrien. Tage danach sehe ich an einem Zeitungsstand den Hochglanzumschlag einer Illustrierten. Ein ausladendes Fünfzigerjahrebett, darauf die Nachwuchsschauspielerin im hochgerutschten roten Kleid, daß man die Strapse sieht. Neben ihr im Anzug mit

Fliege der bärtige Skandalregisseur, Zigarre im Mund, mit dem Blick des Lüstlings, dessen fette Hand in ihren Hintern kneift. Sie blickt geniert zur Seite, ganz anders als in ihrem Debütfilm. Sie blickt zur Seite, weg von ihrer noch ausstehenden Karriere.

Der Paß

Eines Sonntagnachmittags, es ist in dem Sommer, nach dem Jakob in die Stadt, ins Lyzeum, geht, sitzt ein fremder Mann in der guten Stube. Die Mutter geht auf leisen Sohlen durchs Haus, sie hat ängstliche Augen und verbietet Jakob, die Stube zu betreten. Vater hat eine wichtige Besprechung, sagt die Mutter geheimnisvoll. Jakob sieht im Vorbeigehen durch die Türscheibe, daß der Mann Anzug und Krawatte trägt, und vermutet, daß es jemand aus der Stadt ist. Als der Mann geht, begleitet der Vater ihn zum Tor. Jakob hört, daß sie Rumänisch miteinander sprechen, und draußen ist kurz danach der Motor eines Wagens zu hören. Der Vater geht zur Mutter, die in der Küche geblieben ist. Sie machen die Tür zu und reden lange miteinander.

Was damals mit dem fremden Mann gesprochen worden ist, erfährt Jakob im einzelnen nie. Damals wollten die Eltern nicht darüber reden und später, in Deutschland, ist es Jakob nicht mehr so wichtig. Er fragt nicht danach. Vier Jahre nach diesem Besuch können sie Rumänien verlassen, und daß sie ausreisen können, hat, wie Jakob annimmt, mit jenem geheimnisvollen Besuch zu tun. Wenn er im nachhinein überlegt, so haben viele Vorgänge in den kommenden Jahren mit diesem Besuch zu tun. Auch daß der jüngere Bruder des Vaters in dem betreffenden Jahr noch einmal, allein, im Spätherbst, mit dem Auto für nicht mehr als drei Tage aus Augsburg kommt. Daß er sich zusammen mit dem Vater an diesen drei Tagen zweimal in der Stadt aufhält. Jakob, der nun im Lyzeum ist und im Internat wohnt, weiß, das Warten ist nun ein anderes geworden. Sie haben bezahlt, und nun befinden sie sich in der Gruppe derer, die eine gewisse Sicherheit in ihr Warten eingebaut haben. Es vergeht ein Jahr, und es kommen die kleinen Formulare, mit denen man die großen Formulare beantragt, und es vergehen zwei Jahre, und es kommen die großen Formulare, und es vergeht noch ein Jahr, und es kommt der Paß. Eigentlich sind es ja drei Pässe, aber vom Paß spricht man nur im Singular.

Quiz

Wir sitzen vor dem Fernseher, und eine Show läuft, in der alle Beteiligten wie in den siebziger Jahren gekleidet sind. Es ist eine Quizsendung, und auf die von der Moderatorin Clarissa B. gestellten Fragen müssen die Befragten so antworten, als lebten sie in den siebziger Jahren. Eine Jury aus drei Personen entscheidet, ob die jeweiligen Antworten dem Stand der siebziger Jahre entsprechen oder nicht. Um richtig antworten zu können, müssen die Beteiligten die Erfahrungen des letzten Jahrzehnts vergessen können. Das mißlingt immer wieder, und die Jury lehnt die Antworten ab. Was hast du in den siebziger Jahren gemacht, fragt Clarissa.

Frühling

Ein Frühling in den siebziger Jahren, es sind gleichmäßige Tage, die gleichmäßigen Tage der Diktatur. Falscher Lärm und seltsame Stille. Ich rede, und keiner hört zu, ich rede, und manchmal ist es mir, als hörte ich mich selbst nicht. Tag um Tag vergeht in dieser Stadt, von der niemand etwas weiß, nicht einmal ich, der in ihr wohnt. Ich gehe unruhig durch ihre Straßen, aber nichts ist in Sicht. Mein Leben besteht aus Tagen, in denen nichts geschieht. Ich renne herum, immer und immer noch in der Hoffnung auf etwas zu stoßen, was einer Veränderung gleicht.

Die Stadt ist abgeschnitten von der Welt, von der Vergangenheit, auch von ihrer eigenen Vergangenheit. Es gibt nur die Legenden der älteren Leute, den Mythos von Klein-Wien, die Erzählungen über das Leben vor der kommunistischen Machtübernahme. Vor der Befreiung, wie die Schulbücher mir zwölf Jahre lang einhämmerten, bis ich es glaubte. Oder das Gegenteil davon glaubte. Bis ich mit dem Wort Befreiung nichts mehr anfangen konnte. Auch die Vergangenheit ist doppelt. Es gibt eine offizielle der ungerechten Welt und eine inoffizielle der biographisch eingefärbten Nostalgie.

Es ist ein leerer Frühling. Schon nach fünfzig Kilometern stoßen die Wege, die aus der Stadt hinausführen könnten, an die Zeichen der Grenze: Ausweiskontrollen im Zug, auf der Landstraße, Beobachtungstürme in der Ferne, Zäune, eher zu erahnen als zu sehen. So nahe kommt man gar nicht. Wenn man so nahe kommt, ist man verloren. Ein Gang in diese Landschaft ist versuchter Grenzübertritt. Der Blick über den Horizont

hinaus eine Straftat. Immer ist die Grenze da, eine Grenze im Kopf, die ich Tag für Tag zu überschreiten versuche.
Ich bin der Bewohner einer Stadt, die in den siebziger Jahren vergessen ist. Klein-Wien aus dem 19. Jahrhundert ist ein rumänisches Munizipium, in dem *Braga* verkauft wird. Man hat mir mein Wissen über mich und diese Stadt genommen. Ich suche nach der Stadt und nach mir. Ich sammle Fragmente über eine verschwundene Wirklichkeit.
Am Karteikasten der Universitätsbibliothek suche ich die Bücher heraus, Bücher von vor der »Befreiung«, aus denen faszinierende Geschichten über die Stadt zu erfahren sind. Inzwischen suche ich schon lange nicht mehr nach etwas Bestimmtem. Suche ich einmal im Karteikasten etwas Bestimmtes, finde ich es nicht. Die Hüter der neuen Zeit, die Wächter der Wirklichkeit haben diese Karteikarten längst entfernt. Alle Jahre wieder haben die Bibliothekare Anweisungen erhalten und ausgeführt, die Karteikarten sind entfernt. Ich habe eine andere Methode. Ich spüre dem Übersehenen nach, dem, was den Kontrolleuren entgangen ist. Ich finde immer wieder etwas, fülle den Leihzettel aus und gebe ihn in der Buchausgabe ab.

Die Bibliothekare

Es gibt sehr unterschiedliche Bibliothekare. Gleichgültige und mißtrauische und schmunzelnde. Es gibt offenbar auch Bibliothekare, die Karteikarten absichtlich übersehen haben und nun meine Funde mit einem Schmunzeln quittieren. Sie sehen mich mit einem kurzen Blick an, wenn sie mir das entsprechende Buch aushändigen, wir sind für einen Augenblick Komplizen. Aber es gibt auch andere. Denen fällt auf, daß ich Bücher ausleihe, die allesamt mit meinen Studienfächern nichts zu tun haben. Sie blättern in den Büchern, bevor sie sie mir mit undurchdringlichen Gesichtern aushändigen. Es bleibt unklar, ob sie diese Bücher als Feindinstrument betrachten. Wahrscheinlich nicht. Sie haben keine Überzeugungen. Sie halten aber mich für eine Art Feind. Diese Bücher, die ich ausleihe, das ist ihnen bald klar, mit denen stimmt was nicht. Die Bibliothekare spüren, ich bringe sie in Gefahr. Sie wissen aus Erfahrung, daß irgendwann die Staatssicherheit, die Securitate auftauchen und sie für irgend etwas, vielleicht auch nur eine Unterlassung im Zusammenhang mit mir, zur Verantwortung ziehen wird.
Und wer weiß, wer kann es schon wissen, was mit mir überhaupt los ist. Vielleicht bestelle ich ja diese Bücher nur, um sie, die Bibliothekare, zu testen. Wer weiß schon, in wessen Auftrag ich das tue. Man hat so seine Erfahrungen. Und schon denken diese Bibliothekare an ihre Familien und entscheiden sich dafür, mich zu melden. Beim Verbindungsmann der Securitate für die Universitätsbibliothek, der alle paar Tage vorbeikommt, um zu sehen, ob alles in Ordnung ist, ob es keine be-

sonderen Vorkommnisse gab, die Zettel der ausgeliehenen Bücher durchsieht, eine Liste mit Namen hat, bei denen er sorgfältig die Titel der ausgeliehenen Bücher notiert, eine ganze Menge Arbeit, und schon wieder einer mehr: ich.

Die Bibliothekare denken, das falle alles auf sie zurück, und melden mich. Da ist so ein komischer Typ, der sucht stundenlang im Karteikasten, lauter abseitige Titel, hat mit seinem Studium überhaupt nichts zu tun. Ja, sagt der Verbindungsmann, lassen Sie mal sehn. Und er pfeift durch die Zähne, als könne er die Tragweite des Falles bereits einschätzen, aber er versteht gar nichts, er versteht auch nicht mehr als die mißtrauischen Bibliothekare, er sieht nur, etwas ist da nicht in Ordnung, warum liest der das. Er weiß nur, er muß es weitergeben und notiert sich die Titel.

Die Bibliothekare sind nervös, sie denken, wir mußten ihn melden, man weiß ja nie, sie sind wütend auf mich, weil ich sie in die Situation gebracht habe, mich melden zu müssen, sie tun das höchst ungern, aber sie müssen sich schützen, und ich habe sie dazu gezwungen, etwas Unangenehmes tun zu müssen, im Interesse ihrer Familien sozusagen. Ich bin eine Art existentieller Provokateur. Und dann merke ich das alles gar nicht und suche weiter nach diesen Büchern, und sie hassen mich, weil der Securitate-Mann nun öfter kommt und sich nach mir erkundigt und die Bibliothekare damit beauftragt, meine Buchwünsche separat für ihn zu notieren. Der macht uns Arbeit, sagen sie und sehen mich weiterhin mit ihrem undurchdringlichen Blick an, und ihre Lippen sind ein bißchen schmaler geworden, sie erwidern meinen Gruß nicht immer. Sie werfen lange Blicke auf meine Zettel, seufzen auch mal, aber ich merke nichts, lassen mich auch mal grundlos warten. Aber ich lasse mir nichts anmerken.

Er merkt nichts, sagen sie. Schau, er ist schon wieder da. Wir versuchen ihn zu warnen, und er merkt nichts. Da stimmt doch was nicht.

Sommerferien

Das erste Jahr in der Stadt vergeht für Jakob wie im Flug. Die neuen Erfahrungen verkürzen die Zeit, die Sommerferien kommen, und das bedeutet die Rückkehr ins Dorf, in seine Langsamkeit, Grüßgott sagen, dem Gänsedreck ausweichen. Jakob fährt in diesem Sommer oft mit dem Fahrrad an den Fluß. Der Fluß ist weit, viel näher schon zum Nachbardorf. Man fährt mit dem Fahrrad die Landstraße entlang, bis vor das Nachbardorf, biegt dann nach rechts auf einen Feldweg ab. Dort fährt man noch eine lange Strecke bis zum Fluß.

Am Fluß treffen sich die Jungen und Mädchen aus den umliegenden Dörfern. Der Strand befindet sich auf der gegenüberliegenden Seite. Um dort hin zu gelangen, muß man den Fluß überqueren. An der Dorfseite des Flusses liegt eine kleine Siedlung, ein paar Wochenendhäuser sind dazugekommen. Die meisten der alten Häuser, noch rohrgedeckt, sind Fischerhäuser, aber das wissen die jungen Leute kaum noch. Die Zeit des Korbfischens und der Wassermühlen ist schon in den zwanziger Jahren zu Ende gegangen. Die meisten der ursprünglichen Bewohner leben nicht mehr am Fluß, andere Leute sind zugezogen. Von ihnen heißt es oft in den Dörfern, mit kleinem Lächeln, die wohnen am Wasser, die wohnen so nah an den Feldern, da gibt es immer etwas zu holen. Die haben Boote, sind schnell weg.

Das Fährhaus

Die grobsandige Straße führt über den Damm zum Flußufer ans Wasser, auf dem die Fähre schwimmt. Ein paar Meter vor dem Ufer steht das Fährhaus. Der Sand auf der Straße ist so tief, daß das Fahrrad stockt, und Jakob stehend mit der ganzen Körperkraft auf die Pedale treten muß, um weiterfahren zu können. Vom Fährhaus an gibt es am Ufer nur noch einen schmalen, festgetretenen Fuß- und Fahrradweg. Jakob fährt in den hinteren Teil der Ansiedlung zum Haus des Malers. Dort stellt er im Hof das Fahrrad ab, betritt das kühle Haus mit seinem Wassergeruch und legt seine Kleider in eines der Zimmer, ins Männerzimmer. Er verläßt das Haus in der Badehose, geht barfuß über das Gras, den Fußpfad entlang, zum Ende der Siedlung, geht über die Schleuse der Pumpstation und, immer dem Fußpfad folgend, in den Auwald hinein. Hinter der Flußbiegung wendet er sich dem Ufer zu, es ist hier steil, er läßt sich langsam, sich an den Weiden festhaltend, zum Wasser hinuntergleiten. Jakob steht auf den Steinen, die man um die Jahrhundertwende zur Uferbefestigung ins Wasser geschüttet hat, setzt sich auf die schattenkühlen Steine, stellt vorsichtig die Füße ins Wasser, dessen erste Berührung stets abschreckend kalt ist, verharrt so, um sich daran zu gewöhnen, läßt sich dann tiefer ins Wasser hineingleiten. Mit den Händen immer noch die Steine zur Stütze suchend, blickt er über das Wasser, das hier eng und schnell ist, zur Sandbank auf der gegenüberliegenden Seite, wo der Lärm der Badenden tobt. Er stößt sich kurz entschlossen von den Steinen ab in die Strömung hinein, fängt mit Armen und Beinen zu rudern an. Die Kälte verliert sich, er steht im tiefen Wasser der Strömung. Zehn Meter sind es wahrscheinlich oder mehr, jedenfalls behaupten die Leute das. Er steht im Bodenlosen, hat keinen Grund, treibt mit dem Wasser, der Strömung, schwimmt, das Wasser wirkt warm. Auf dem Fluß sind Kähne, sie bringen die Badegäste ans andere Ufer, wo die Sandbänke sind. Junge Leute sitzen in den Kähnen, Kinder mit bunten Schläuchen und Bällen, ältere Frauen und Männer. Jakob treibt in der Strömung, hält den Mund ans Wasser und spürt die Nässe am Hinterkopf. Er ist tief im Wasser, hebt den Kopf, rudert mit den Armen und treibt am Steilufer vorbei. Jakob schwimmt an der Fähre vorbei, die mit einem ganzen Schub Leute beladen über den Fluß gleitet, jetzt ist es nicht mehr weit, gleich muß er den Boden unter den Füßen spüren, die groben Kiesel, die an den Fußsohlen schmerzen. Hier wird das Ufer flach, eine riesige Sandbank hat sich davor gelagert. Er geht durch das seichte Wasser über den schmerzenden Kies auf die Spitze der Sandbank zu, spürt das Gewicht des Wassers an den Beinen, das Ziehen in den Muskeln der Arme. Beim Herauskommen aus dem Wasser ist wieder die Kälte da, aber nur für einen Augenblick, dann stellt sich die Sonnenhitze ein. Er tritt ans Ufer, um den Weg am Fährhaus vorbei über den Fußpfad zum Haus des Malers zurückzugehen. Das Fährhaus besteht aus einem einzigen Raum mit einer Tür an der wegabgewandten Seite und einem kleinen auffallend hoch gelegenen Fenster an der Wegseite. Als Jakob auf der Höhe des Fährhauses angekommen ist, sieht er jemanden sich hinter dem offenen Fenster bewegen. Er sieht zwei braune Frauenarme das Oberteil des Badekostüms auf dem sonnenbraunen Rücken öffnen und ablegen, das blonde, halblange Haar, die Frau sich zur Seite drehen, er sieht ihre schöne weiße Brust, ihr vertrautes Gesicht, die sich hebenden Arme, das bunte Kleid, das über die Schultern gezogen wird. Er blickt unter gesenkten Augenlidern hervor, ist schon am Fährhaus vorbei und denkt, nein, sie hat mich bestimmt nicht gesehen. Bestimmt nicht.

Ein Mädchen und ein Junge

Den ganzen Tag über ist der Lärm der Badenden über dem Fluß gewesen, jenes Gemisch aus Lachen und Rufen und Schreien und Kichern, bei dem man nicht weiß, spielen sie oder ertrinkt gerade jemand. Das Wasser ist voller Köpfe, und die Heiterkeit hat etwas Unheimliches, jederzeit kann von den zahllosen Köpfen, die tauchen und wieder auftauchen, einer nicht mehr auftauchen, wer würde es bei dem allgemeinen Vergnügen merken. Jakob schwimmt an das hohe Ufer der Dorfseite zurück und setzt sich ins Gras. Der Abend kommt, und randvolle Kähne mit nassen Leuten legen am Ufer an. Die Helligkeit über dem Fluß verschwindet, der Lärm vergeht. Die Leute setzen sich auf ihre Fahrräder und fahren ins Dorf zurück. Sie haben einen schönen Sonntag hinter sich. Jakob geht am Ufer entlang, an den Häuschen vorbei, ein Stück in den Auwald hinein. Hinter der Biegung tritt er an den Rand des Steilufers, bleibt im Gesträuch zwischen den hängenden Weiden stehen und blickt auf den Fluß. Drüben, am Flußknie, ist eine Sandbank. Sie ist in diesem Sommer sehr groß, und sie ist leer. Aber plötzlich sieht er ein Mädchen und einen Jungen auf dem Sand liegen. Sie wissen sich unbeobachtet und küssen sich heftig. Er kennt sie, wie hier jeder jeden kennt, und er ist nicht erstaunt, sie so zu sehen. Jakob beobachtet ihre steigende Heftigkeit. Sie küssen und umarmen sich als kämpften sie miteinander, wälzen sich quer über die Sandbank und wieder zurück, sind voller Sand, überall ist Sand, sie sind schon gar nicht mehr zu erkennen. Sie hören nicht auf, sie drehen und wälzen sich, als wollten sie Sand sein, ein einziger Klumpen Sand.

IV
Die Bibliothek der siebziger Jahre

Der Schreibwarenladen

Ich bin jeden Tag in der Stadt, aber ich besuche Clarissa nie in ihrem Schreibwarenladen. Ich weiß, wo der Schreibwarenladen ist, aber ich gehe nicht hin. Ich weiß nicht warum. Ich kenne nur Clarissa am Morgen und Clarissa am Abend. An den Wochenenden verschwindet Clarissa aufs Land. Vielleicht ist Clarissa tagsüber eine andere. Vielleicht bin ich ein anderer. Ich weiß es nicht. Einmal, an einem späten Vormittag, habe ich vor dem Schreibwarenladen gestanden, ich habe das Schaufenster betrachtet, aber ich bin nicht hineingegangen. Vielleicht hat Clarissa mich auch gesehen. Ich weiß es nicht. Sie hat nie etwas davon gesagt und ich auch nicht. Ich habe vor dem Schaufenster gestanden, und ich habe die vorbeigehenden Leute gesehen, all die vorübereilenden Leute habe ich darin wie in einem Spiegel gesehen. Nur mich, der ich doch hineinblickte, sah ich nicht.

Mussolini

Von der Bushaltestelle aus sehe ich auf das Denkmal in der Mitte des Platzes: Angreifendes Militär auf hohem Sockel. Der Sockel ist von Inschriften besetzt. Ich blicke die Straße hinunter, halte Ausschau nach dem Bus. Die Leute an der Haltestelle sind mit sich selbst beschäftigt, treten von einem Fuß auf den anderen, blicken flüchtig mal dahin, mal dorthin, nicken zerstreut, gehen auf und ab. Die Haltestelle ist kein Ort, an dem man sich aufhalten will, man betritt sie ja nur, um sie so rasch wie möglich zu verlassen. Die Gedanken sind sprunghaft, man läßt sich auf nichts ein, man will ja bloß weiter. Ich schaue wieder auf das Denkmal. Es liegt in meiner Blickrichtung, beherrscht den gesamten Platz. Der Verkehr über den Platz führt um das Denkmal herum. Als ich vor ein paar Monaten in diese Stadt kam, war das Denkmal zugedeckt von Planen, es wurde restauriert. Ich konnte mir damals nicht vorstellen, was die Planen verbargen. Dann war die Restaurierung beendet, und die Planen wurden abgenommen. Eines Tages stand ich an der Haltestelle, und mein Blick fiel wie heute auf das Denkmal. Es war das Denkmal für die *Bersaglieri,* die Scharfschützen. Ich schaue wieder nach dem Bus, stelle fest, er biegt gerade in die Straße ein, sehe wieder auf das Denkmal, sehe auf den beschrifteten Denkmalsockel und sehe plötzlich unter einem blöden patriotischen Spruch den Namen Mussolini, der Schriftzug neu nachgezogen, restauriert wie alles an dem Denkmal. Ich schaue drauf, bis der Bus sich zwischen mich und das Denkmal schiebt, und die Türen aufgehen.

Dinu

Dinu ist bald nach der Revolution zur Oppositions-Zeitung »Der Bote« gegangen. Dana liest die Zeitung täglich und mit besonderer Aufmerksamkeit die Artikel von Dinu. Sie liest die Artikel von Dinu und dann geht sie hinüber zu Herrn Dima und spricht mit ihm darüber. Sie läßt sich von Herrn Dima einiges, das sie nicht versteht, erklären. Es ist wie früher, wenn sie Radio Free Europe hörte und nachher mit Herrn Dima über das Gehörte sprach. Oft steht sie aber vergeblich vor der Tür von Herrn Dima. Er ist jetzt selten zu Hause, ist in der Stadt beschäftigt, macht organisatorische Arbeit für die Vereinigung der ehemaligen politischen Häftlinge.
Eines Tages, als sie wieder zu Herrn Dima kommt, hat er einen Verband um den Kopf. Sie fragt ihn erschrokken, was passiert sei, aber er winkt bloß mit einem kleinen Lächeln ab und sagt, eine rote Ampel hat meinen Weg gekreuzt. Und als sie sich damit nicht zufrieden gibt, meint er, das sind die Risiken des politischen Kampfes, ich bins gewohnt.
Dana fährt in die Stadt, zum Einkaufen und zum Flanieren, und sie trifft auf der Straße zufällig Dinu. Sie trifft einen Dinu, der seine Ruhe verloren hat, einen Dinu mit gehetzten Augen. Wir kriegen Anrufe in der Redaktion, ich kriege Anrufe auch zu Hause. Sie haben uns den Computer, den wir aus Deutschland bekommen haben, demoliert. Sie drohen uns mit dem Tod. Ich bin schon zweimal überfallen worden.
Dana und Dinu sitzen in einer Konditorei und reden. Ich kann nicht mehr, sagt Dinu. Das hat alles keinen Sinn. Diese kriminelle Bande hat alles in der Hand, und

was macht die Bevölkerung bei den Wahlen? Sie wählt sie auch noch. Sie wählt diese Leute, die im Namen des Kommunismus das Land schon einmal ausgeraubt haben, die es in diese Katastrophe gebracht haben. Die Bevölkerung ist blind.

Nichts wird sich hier ändern. Nie, sagt Dinu. In der Redaktion überlegen sie schon, einen sanfteren Kurs zu fahren. Dinu sieht Dana an. Ohne mich, sagt er. Diesen Kompromiß mache ich nicht mit. In ein paar Tagen hole ich meinen Paß ab. Ich gehe, sagt Dinu. Nach Deutschland. Nach Amerika. Egal. Hier bleibe ich nicht mehr.

Die Stadt

Die erste Zeit in der Stadt ist für Jakob eine Zeit der Verwirrung. Seine bisherigen Eindeutigkeiten verlieren ihre Konturen. Jakob ist von der verwirrenden Stadt fasziniert. Anfangs fährt er jedes Wochenende zu seinen Eltern aufs Land, geht zu den Tanzabenden dort. Aber dann gefällt ihm die Musik nicht mehr, die die Dorfkapelle spielt, und auch die Mädchen gefallen ihm nicht mehr, obwohl es zum Teil die Schwäbinnen sind, mit denen er in der Stadt zur Schule geht. Nach einem halben Jahr beschließt Jakob, nur noch jeden zweiten Samstag nach Hause zu fahren. Statt dessen geht er zum Tanz in die Stadt.

Jakob hat eine Art Unbeholfenheit, die ihm bisweilen selbst auffällt. Aber diese Unbeholfenheit macht ihn auch sympathisch. Er weiß manchmal die kleinsten Dinge in der Stadt nicht, es gibt sie in seinem Dorf nicht. Täglich wird ihm der Horizont des Dorfes deutlich. Er weiß so wenig. Die Stadt sagt es ihm. Jakob verläßt, wann immer das möglich ist, das Internat, läuft den Korso entlang, geht ins Kino. Auch im Dorf ist er schon ins Kino gegangen, regelmäßig, seit den Sonntags-Matineen der ersten Schuljahre, aber hier in der Stadt ist das Kino anders. Hier kann man ins Kino gehen und keinen Menschen kennen. Man ist allein. Allein in der Welt des Films.

Silvia

Zu den Mädchen seiner Schulklasse hat Jakob ein eher oberflächliches Verhältnis. Es besteht aus den täglichen Späßen und kleinen Hänseleien. Aus dem notwendigen Umgang miteinander. Silvia ist in einer Parallelklasse. Sie haben sich zufällig kennengelernt, und sie sind einander von Anfang an sympathisch gewesen. Wahrscheinlich zog sie das Anderssein des Gegenübers an. So spricht Silvia mit Jakob nie Rumänisch, sie spricht ihr Schuldeutsch mit den vielen rumänischen Wörtern und dem häufigen Weißtu, das sie dazwischenschiebt.
Die Eltern haben Jakob erlaubt, im zweiten Schuljahr mit einem Freund aus einem anderen Dorf ein Zimmer in der Stadt zu nehmen. Jakob hat ihnen so lange in den Ohren gelegen, bis sie ja gesagt haben. Er haßt die Restriktionen des Internats, sie verkleinern ihm den Horizont der Stadt. Er aber will ganz der Stadt gehören. Er will zu ihren unsichtbaren Grenzen vordringen. Er empfindet die Stadt als eine Welt, die ihm bisher vorenthalten worden ist, und er spürt beim Kontakt mit ihr ein starkes Nachholbedürfnis, das ihn bisweilen unruhig macht.

Das Zimmer

Das Zimmer gibt ihm einen neuen Begriff von Freiheit. Er kann nun, wann immer er will, in die Stadt gehen. Der letzte Zwang ist nur noch die Schuluniform, und die ist nicht zu umgehen. Die Schuluniform kann man nur loswerden, wenn man auswandert, und dazu braucht man einen Paß.
Als Jakob anfängt, sich mit Silvia zu treffen, hat er bereits das Zimmer in der Stadt. Sie treffen sich in der ersten Zeit meist in einem der Parks, setzen sich auf eine Bank, um später ins Kino zu gehen. Silvia schätzt seine unaufdringliche Art, im Kino neben ihr zu sitzen und darauf zu warten, daß sich ihre Hände wie zufällig berühren. Sie mag die Typen nicht, die, kaum ist es im Saal dunkel geworden, zu grabschen beginnen. Sie sagt es ihm. Du bist so sanft, sagt sie, woher hast du das? Sie sieht ihn ernst an, sie lacht. Dann ist alles ganz schnell gegangen, sagt Jakob. Ich bin ausgereist, und sie war weg. Aus. Er sagt es zu sich selbst. Er sagt es vor sich hin.
Jakob tritt vor den Bahnhof von Triest und sein Blick geht nach rechts auf das Meer.

Der Flüchtling

Es gibt immer wieder die menschenleeren Seitenstraßen. Kaum biegt man aus der Geschäftsstraße ab und verläßt das Menschengewimmel, steht man in einer auffallend stillen Straße. Kein Wort, kein Blick. Die einzelnen Leute tauchen in diesen Straßen mit einer unnatürlichen Plötzlichkeit auf, sie bewegen sich auf eine unlogische Art fort, blicken unauffällig um sich, wechseln völlig unerwartet die Straßenseite. Ein junger Mann kommt auf mich zu, spricht mich an, sieht mir dabei forschend ins Gesicht. In der Hand hält er ein Blatt, eine Art Formular, das in einer Plastikfolie steckt. Er sagt, er stamme aus Temeswar, sei Flüchtling und murmelt etwas von Schwierigkeiten. Ach ja, Temeswar, sage ich fast heiter, da komme ich auch her. Da können wir ja Rumänisch sprechen, sage ich und frage sogleich auf rumänisch, was er denn für ein Problem habe. Er sieht mich an, und es bleibt unklar, ob er meine Frage verstanden hat, ob er diese Sprache überhaupt versteht. Er tippt sich an den Kopf, sagt nur, viele Probleme, und nickt, sagt es mit etwas zu leiser Stimme, wie alles, was er gesagt hatte, wendet sich mit schnellem Schritt von mir ab, geht seitlich weg vom Gehsteig, als breche er aus dieser mit mir hergestellten Situation aus, geht auf die Fahrbahn, direkt auf eine gedankenverlorene Frau zu, die aus dem Auto steigt, das sie gerade geparkt hat.

Erzähl was

Erzähl was. Erzähl mir was. Du erzählst jetzt was.
Tu, sagt sie mit weicher Stimme, du, *bugiardo,* Lügner.
Clarissa kann hartnäckig sein, und ich bin nachgiebig.
Clarissa im Schneidersitz auf dem Bett.
Clarissa am Küchentisch, den Kopf in der Ellbogenstütze.
Clarissa, die von unten heraufblickt.
Und ich bin hingerissen und rede etwas.
Ti caccia, sagt sie, *ti prendo,* ich jag dich, ich krieg dich.
Aber, sage ich und ihr Kopf ist nahe an meinem, mein Gesicht ist in ihrem Haar, ich bin in ihrer Hand und rede.
Ich erzähle dir vom Mailänder Dieb, sage ich.
Come, sagt sie, wie?
Vom Mailänder Dieb? *Il ladro milanese?*
Ihre Augen sind neugierig.
Tu sei pazzo, sagt sie. Du bist verrückt.
Sie versetzt mir einen kleinen Fausthieb vor die nackte Brust.

Der Mailänder Dieb

Giancarlo wartet auf dem Bahnsteig. Der Eurocity aus Rom hält schon seit Minuten, und Giancarlo beobachtet, wie die Leute aussteigen. Er wartet, bis alle ausgestiegen sind, und dann wartet er, bis alle eingestiegen sind. Er wartet, bis niemand mehr sich auf dem Bahnsteig aufhält. Dann steigt er in den Zug. Der Zug hat in Mailand dreißig Minuten Aufenthalt. Giancarlo steigt vorne in der ersten Klasse ein und geht langsam durch den Gang. Er blickt im Vorübergehen unauffällig in jedes Abteil. Sein Blick springt zu den Gepäcknetzen, dann zu den Sitzen und dann wieder zu den Gepäcknetzen. Alles dauert nur Sekunden, und Giancarlo verlangsamt dabei nicht einmal seinen Gang. Giancarlo hat einen geübten Blick. Trifft sein Blick auf den Blick eines Reisenden, lächelt Giancarlo unaufdringlich und ist schon ein Abteil weiter. Und da ist es, ein leeres Abteil. Und oben im Gepäcknetz liegt ein Koffer, ein großer, grauer Schalenkoffer mit Rädern. Giancarlo betritt das Abteil, setzt sich, bleibt für einen langen Augenblick sitzen. Dann steht er auf, wirft einen Blick auf den leeren Gang, nimmt den Koffer aus dem Gepäcknetz und geht mit langsamen Schritten auf den Ausgang zu. Im nächsten Augenblick steht er schon auf dem Bahnsteig, stellt den Koffer hin wie ein Reisender, der etwas später den haltenden Zug verläßt, weil er verschlafen hat oder weil er es einfach nicht eilig hat, geht langsam in den Bahnhof hinein, zieht den Koffer lässig hinter sich her, verläßt den Bahnhof mit den Gesten und der Miene des gerade Ankommenden, wehrt die Angebote der

Taxifahrer mit knappen Handbewegungen ab, überquert die Straße und verschwindet im vormittäglichen Passantenstrom.

Der Verhörraum

Wenn Dana auf die Toilette geht, muß sie am Verhörraum vorbei. Aus dem Verhörraum dringen Stimmen. Es sind unterschiedliche Stimmen. Laute, fordernde, kleinlaute, unsichere Schreie. Manchmal dringen Schreie aus dem Verhörraum. Häßliches Lachen und angsterfüllte Schreie.

Dana darf den Verhörraum nicht betreten. Der Polizeichef hat es ihr ausdrücklich verboten. Das ist nichts für Zivilangestellte, hat er lachend gesagt. Dana fällt es schwer, an dem Verhörraum vorbeizugehen, wenn sie die Schreie hört. Sie sagt es zu Doamna Geta, aber Doamna Geta blickt sie nur mißbilligend an und sagt, das sind doch alles Verbrecher, die verstehn keine andere Sprache. Aber es darf doch nicht mehr so sein wie früher, sagt Dana. Früher, sagt Doamna Geta, ja, früher, und Dana hat einen Augenblick den Eindruck, sie wollte sagen, früher, da hättest du auch nicht so dumme Fragen gestellt. Wir hatten doch eine Revolution, sagt Dana. Eine Revolution, Doamna Geta lacht schallend.

Eines Tages bleibt Dana vor dem Verhörraum stehen. Sie reißt die Tür auf und sieht den Polizeichef, der eine Frau ohrfeigt und ordinäre Flüche ausstößt. Der Polizeichef sieht Dana, er greift brutal nach ihrem Arm, zieht sie auf den Gang, schließt den Verhörraum und zischt sie an. Du hast nichts gesehn, hörst du, sagt er mit erregtem Atem, du hast überhaupt nichts gesehn, sonst bist du an der Reihe.

Der Spiegel

Giancarlo wohnt in einer Seitenstraße, in der Nähe des Bahnhofs. Er stellt den Koffer vor der Wohnungstür im ersten Stock ab und nimmt die Schlüssel aus der Rocktasche, öffnet die Wohnungstür, nimmt den Koffer in die Hand, betritt die Wohnung und macht die Tür hinter sich zu.

Dies ist nun der Augenblick, in dem Giancarlo gewöhnlich seine Ruhe verliert. Er wirft dann den Koffer aufs Bett, reißt das Werkzeug aus der Küchenschublade und bricht den Koffer auf, durchwühlt seinen Inhalt, taxiert dabei die Gegenstände und Kleidungsstücke. Er sieht in ihnen nichts als ihre Verwertbarkeit.

Heute aber verhält er sich anders. Er wirft den Koffer auf das Bett, aber er holt das Werkzeug nicht aus der Küche. Er dreht sich um, und er sieht sich in dem großen Schrankspiegel. Er sieht einen jungen Mann in einem gutsitzenden hellgrauen Anzug. Er geht einen Schritt näher an den Spiegel und zupft an seiner Krawatte, die gar nicht verrutscht ist. Er verharrt einen langen Augenblick und schaut in sein Gesicht. Dann dreht er sich um, aber er könnte nicht sagen, was er gesehen hat.

Er steht vor dem Bett, und er sieht den Koffer. Er nimmt ihn vom Bett und hievt ihn mit einem einzigen Ruck auf den Schrank. Dann verläßt er die Wohnung. Er geht in seine Stammbar.

Die Securitate

Ich finde immer neue Bücher. Ich bin süchtig geworden. Ich erfahre aus meiner Lektüre immer neue, faszinierende Details. Ich weiß, daß das Restaurant am Korso, jenes gegenüber der Oper, in den zwanziger Jahren Lloyd hieß, und daß dort eine Kunstpfeiferin auftrat. Ich habe erfahren, daß das Viertel Fabrikstadt im 19. Jahrhundert für seine Biergärten berühmt war. Und ich weiß eine ganze Menge über die Sozialdemokratie der zwanziger Jahre in unserer Stadt. Ich suche weiter. Und ich werde immer wieder fündig. Ich bewege mich im Zickzack durch die Karteikästen, ich halte die Bibliothekare in Atem, aber das weiß ich gar nicht.
Als mir ihr Mißmut doch auffällt, erkläre ich es mir damit, daß ich ihnen mit meinen vielen Ausleihwünschen allerhand Arbeit mache. Die Bücher, die ich ausleihe, stehen wahrscheinlich oft an entlegener Stelle im Magazin, sie werden ja sonst kaum verlangt. Aber der Grund für ihre Unfreundlichkeit ist ein anderer, einer, den ich nicht einmal ahne. Der Grund ist der, daß der Securitate-Mann die Bibliothekare angewiesen hat, kurze Zusammenfassungen der Inhalte meiner Bücher zu schreiben und sie bei ihm abzugeben. Nun müssen die Bibliothekare immer, wenn ich ein Buch zurückbringe, dieses selber lesen und es für die Securitate rezensieren. Die Securitate will nämlich herausfinden, wonach ich suche. Für sie hat ja alles einen bestimmten Zweck, sie suchen aus meinem Zickzack durch die Karteikästen ein Ziel herauszufiltern, das Ziel, das ich verfolge. Mein staatsfeindliches Ziel, denn soviel ist ihnen mittlerweile klar, wer solche Bücher liest, hat ein staatsfeindliches

Ziel, ja noch einfacher, wer sich die Mühe macht, eine solche Anzahl von Büchern, die nichts mit dem Erwerb eines Diploms zu tun haben, zu finden und zu lesen, muß auf eine besonders perverse Methode der staatsfeindlichen Lektüre gekommen sein, und die wollen sie herausfinden.

Namen ohne Orte

Ich gehe durch Seitenstraßen, durch stille, unauffällige Seitenstraßen, es ist Sonntag, nirgends eine Bewegung, nichts rührt an der Nachmittagsruhe. Ich gehe ohne Ziel, blicke die nichtssagenden Fassaden entlang, komme von einer Straße in die andere, völlig unbeabsichtigt, bin nirgendwo, und plötzlich heißen die Straßen Gradisca und Pola und Capodistria und Dalmatia: Namen, die nur noch Namen sind, Namen ohne Orte. Die Orte, die einmal zu diesen Namen gehörten, haben längst andere Namen, anders klingende, und die Orte sind jetzt ganz andere Orte in einem anderen Land, von denen, die die Straßennamen meinen, ist nichts mehr übrig. Nur Schriftsteller vermeinen noch Spuren ausmachen zu können. Die Orte sind nichts weiter als Namen von Straßen, die mit ihren Namen selbstverständlich nichts zu tun haben. Ich gehe durch diese Straßen, die mir völlig unbekannt sind, ich gehe im Nirgendwo und in meinem Kopf klammern sich Pola und Capodistria an die undeutlichen Spuren einer Geschichte, die ich auch nur vom Hörensagen kenne.

Entschädigung

In der Frühstückspause liest Dana den Boten. Doamna Geta sieht es und hat ein saures Lächeln im Gesicht. Ab und zu macht sie sogar eine bissige Bemerkung. Na, was schreibt denn dein Blatt, sagt sie und fügt ohne die Antwort abzuwarten hinzu, diese Möchtegern-Journalisten. Dana schweigt. Alles *Bişniţari*, Schwarzhändler, Ganoven, sagt Doamna Geta. Du solltest mal ihre Dossiers sehen, sie lacht. Aber, sagt Dana. Mehr sagt sie nicht. Und Doamna Geta sagt auch nichts mehr.

Einmal sieht Dana im Boten eine Liste mit Namen von Leuten, die als Opfer der Revolutionskämpfe entschädigt worden sind. Sie geht die Liste durch und findet darin die Bürgermeisterin unter dem Namen ihres Mannes. Sie traut ihren Augen nicht. Sie denkt eine Weile nach, sie ist ratlos. Das kann doch nicht sein, sagt sich Dana. Sie verschafft sich mit ihrem Polizeiausweis Zutritt zur Kommission für die Entschädigungen. Die Kommission ist in der Stadtverwaltung. Dana sieht sich die Akten an und findet eine Liste, auf der außer der Bürgermeisterin auch noch Milizmänner stehen, die während der Revolution tätlich angegriffen worden waren. Sie alle sind mit einer Geldsumme und einem Farbfernseher bedacht worden. Die Mittel stammen aus dem Spendenkonto für die Opfer der Revolution. Dana ist sprachlos. Sie geht zurück ins Büro der Polizeistation und behält ihr Wissen für sich.

Die Bar

Giancarlo stellt sich in der Bar an den Tresen und redet lange mit dem Barmann, während er mit den Fingern an der Espressotasse spielt. Sie kennen sich schon seit Jahren. Der Barmann hat eine Frau, die Giancarlo sehr gut gefällt, und er hat auch schon ein paarmal mit ihr geschlafen. Sie vertritt ab und zu den Barmann. Die beiden haben die Bar in Pacht. Die Frau des Barmanns vertritt den Barmann in unregelmäßigen Abständen. Giancarlo weiß nie, wann der Barmann da ist und wann die Frau des Barmanns da ist. So ist sein erster Blick durch die Tür, wenn er die Bar betritt, für ihn immer eine Überraschung. Das ist ihm aber nicht anzumerken. Er lächelt immer in der gleichen Weise, und er grüßt in der gleichen Weise.
Er geht zum Tresen, und die Frau des Barmanns stellt einen Espresso auf das Pult vor ihn, und er nickt. Er wartet, bis er angesprochen wird, dann beginnt er zu reden. Die Frau des Barmanns verhält sich sehr unterschiedlich zu ihm. Manchmal redet sie bloß wie mit einem Gast, manchmal hat sie leuchtende Augen. So beobachtet er, während er mit ihr spricht, ihre Augen. Er sagt nichts weiter, das Gespräch bleibt das gleiche, er ändert auch den Tonfall nicht. Er bleibt die halbe Stunde, die er immer mit seinem Espresso verbringt, vor seiner Tasse stehn, dann sagt er, ich geh jetzt wieder, und sie sagt nichts, oder sie sagt, ich komme um drei. Er nickt nur und verläßt, die Hände in den Hosentaschen, die Bar.
Oder der Barmann stellt den Kaffee auf den Tresen.
Giancarlos Finger spielen mit der Espresso-Tasse, und sein Blick geht, während er mit dem Barmann spricht,

an dem Barmann vorbei. Der Blick geht zu dem Spiegel, der hinter dem Barmann ist. Giancarlo sieht in dem Spiegel hinter dem Barmann den Hinterkopf des Barmanns, und neben dem Hinterkopf des Barmanns sieht er sein eigenes Gesicht. Für einen Augenblick gehören der Hinterkopf des Barmanns und Giancarlos Gesicht für Giancarlo zusammen, sie gehören zum selben Kopf. Er lacht laut auf, und weil dieses Lachen sich nicht aus dem Gespräch ergibt, sieht der Barmann ihn mit kurzem Erstaunen an. Ich gehe jetzt wieder, sagt Giancarlo und verläßt, die Hände in den Hosentaschen, die Bar.

Die Demo

Der Sommer kommt, die Zukunft geht. Dana liest im Boten von der Studentenbewegung in Bukarest. Im Fernsehen sieht sie die Bergleute, die die Studenten auseinanderprügeln. Sie sieht das Gesicht des Präsidenten, der den Bergarbeitern dankt. Sie sieht ihn in der Halle sprechen, in der auch Ceauşescu gesprochen hat. Sie sieht den verletzten Studentenführer im Krankenhaus. Sie sieht sein Foto im Boten. Und sie hört die gehässigen Bemerkungen von Doamna Geta, sie sieht ihren haßerfüllten Blick, und sie hört, wie sie sagt, totschlagen hätten sie ihn sollen, diesen Volksverführer, diesen Taugenichts.

Dana liest im Boten von der Verhaftung des Studentenführers, und sie liest den Aufruf zur Demo in Hermannstadt für seine Freilassung. Sie zieht an jenem Samstag ihre weiße Bluse an, und sie fährt in die Stadt. Dana geht zur Demo. Die meisten Frauen auf der Demo haben weiße Blusen an. Sie wollen dadurch ihre friedlichen Absichten bekunden. Solche Demonstrationen werden von der Staatsmacht immer wieder als gewalttätig bezeichnet.

Dana stellt sich ziemlich nahe an die Rednerbühne. Sie hört den Rednern aufmerksam zu. Es ist nicht nur von dem Studentenführer die Rede, die Leute berichten von ihren eigenen Erfahrungen mit der neuen Macht, die die alte ist, darin ist man sich einig. Als eine Frau weinend vor dem Mikrophon steht und das Foto ihres zwanzigjährigen Sohnes hochhält, der während der Revolution erschossen wurde, und fragt, wo sind seine Mörder?, Wer gibt mir meinen Sohn zurück?, geht Dana

zu einem der Veranstalter und sagt, sie möchte ebenfalls sprechen. Der Veranstalter erlaubt es ihr, und schon steht Dana selbst auf der Rednerbühne, hat das Mikrophon vor sich und die Menschenmenge auf dem Platz, aber sie sieht nur die Frau mit dem Foto ihres Sohnes, und sie beginnt zu reden, und sie redet von den Listen mit den Entschädigungen, von der Kommission und der Bürgermeisterin, von den berüchtigten Milizleuten und den Farbfernsehern, von der Verhöhnung der Opfer und von der verlorenen Revolution.
Dana hält inne, erschrocken blickt sie über den Platz, und ein tosender Beifall schlägt ihr entgegen. Sie verläßt die Bühne, und sie weiß, es war richtig, daß sie so geredet hat. Dinu wäre stolz auf sie, aber Dinu ist nicht mehr da. Dinu hat eine bunte Karte aus Frankreich geschrieben.
Am Abend auf dem Hof trifft Dana Herrn Dima. Er umarmt sie und hat glückliche Augen. Ihr jungen Leute seid unsere Zukunft, sagt er. Wir haben keine Macht, sagt Dana und weiß selber nicht, warum sie wir gesagt hat. In der Nacht wird sie wach, und das Gefühl ist wieder da, das rotierende Gefühl der letzten Jahre, die Angst. Nein, sagt Dana, das darf nicht sein. Sie liegt lange schlaflos, und am Morgen steht sie unsicher vor dem Spiegel im Bad.

Die Telefonzelle

Es ist Samstag abend. Auf der Straße vor dem Fenster sind Gespräche. Laute Auseinandersetzungen, Streit. Die Streitenden sind aus dem Fenster nicht zu sehen. Ich stelle sie mir vor, junge Männer, die an der Telefonzelle stehen, weil es dort heller ist. Sie stehen dort seit einer Weile, einer ist in die Zelle gegangen, hält den Hörer in der Hand, telefoniert aber nicht, brüllt die beiden anderen an, plötzlich, aus nichtigem Grund. Ja, denke ich, es sind drei, ich höre nur die Stimmen. Um die jungen Leute zu sehen, müßte ich aufstehen und zum Fenster gehen. Steht man dicht genug am Fenster, sieht man die Telefonzelle, sieht sie im trüben Licht, einzelne Autos sind auf der Fahrbahn und eilen rot blinkend aneinander vorbei, ein heftigeres Motorengeräusch unterstreicht die Beschleunigung, mit der sie ins Blickfeld kommen, mit der sie wieder aus dem Blickfeld verschwinden. Auf der anderen Straßenseite ist die Bushaltestelle. Um diese Zeit kommt der Bus selten. An der Haltestelle stehn nur einzelne Leute, die sich kaum rühren, sie stehen wie erstarrt, als fürchteten sie, jemand könne auf sie aufmerksam werden. Eine junge Frau kommt über die Fahrbahn gelaufen, betritt die Telefonzelle, hebt den Hörer ab, wirft die Münze ein, wählt eine Nummer, wartet und fängt an, sehr schnell zu reden, macht hastige Gesten dazu und blickt immer wieder durch die Scheibe der Telefonzelle, als fühle sie sich beobachtet. Aber das ist eine andere Geschichte. Ich bin ja gar nicht aufgestanden, ich war ja nicht am Fenster. Ich habe nichts gesehn. Ich höre bloß die Stimmen der streitenden jungen Leute. Sie verstummen, Autos fahren, ein Motorrad. Dann das Aufheulen einer Autoalarmanlage, die nach erstaunlich kurzer Zeit wieder verstummt. So, als habe der Besitzer sie selbst in Gang gesetzt, probeweise.

Der verwirrte Leser

Anfangs nehmen die Bibliothekare ihre Rezensionsarbeit nicht besonders ernst. Sie blättern ein bißchen, lesen das Inhaltsverzeichnis, und dann schreiben sie etwas auf, was nicht viel mehr ist als ein kommentiertes Inhaltsverzeichnis. Sie schreiben so, wie man eine ideologische Pflichtarbeit absolviert. Das wird aber bei der Securitate bald bemerkt, denn diese benötigt die Berichte ja nicht zum Abheften. Der Fall ist mittlerweile bis zur Chef-Ebene vorgedrungen, man wittert einen ganz besonderen Verstoß gegen die Ordnung. Das ist ein ganz Schlauer, heißt es. Er tarnt seine Anti-Haltung, aber wir werden ihn schon erwischen. Mindestens zwei Leutnants haben den persönlichen Ehrgeiz entwickelt, mir das Handwerk zu legen. Ich bin ohne mein Wissen in den Augen der Securitate etwas ganz Besonderes geworden. Deshalb und wegen der oberflächlichen Berichterstattung werden die Bibliothekare bald gerügt, und es wird verfügt, daß jeweils zwei Bibliothekare unabhängig voneinander meine Bücher lesen und beschreiben sollen. Sie werden dazu angehalten, auf alles, was aus der Norm fällt, zu achten und es in den Berichten ausdrücklich zu erwähnen. Daß es auch noch andere Arbeitsmöglichkeiten in unserer Gesellschaft gäbe, wird angedeutet für den Fall, daß man Verstöße seitens der Bibliothekare gegen diese Verfügungen entdecken sollte. Die Bibliothekare zucken zusammen. Sie wissen nur zu gut, was gemeint ist. Nicht überall ist es so warm wie hier in der Bibliothek, fügt der Securitate-Mann hinzu.
Er selber ist in der Zwischenzeit ganz persönlich an meinem Fall interessiert. Was ihm anfangs lästig erschien

und nichts als mehr Arbeit bedeutete, hat sich als eine reale Chance herausgestellt. Auf die Idee kommt er, als ihm das Interesse seines Chefs an dem Fall auffällt. Da ist was dran, denkt er. So was merkt man natürlich, wenn man als Securitate-Mann talentiert ist und nicht bloß so ein blöder Schläger ist. Er hält sich für talentiert. Er weiß, dieser Fall ist eine Chance. Wenn ich ihn löse, denkt er, springt sicher mehr als eine Prämie heraus. Ich werde Oberleutnant und kann diese langweilige Bibliothek verlassen, ich muß nur meine Rezensenten auf Trab halten.

Mit den Rezensenten meint er die Bibliothekare. Es sind vier an der Buchausleihe und sechs nochmal in der Bibliothek selbst. Der Securitate-Mann liest ihre Akten ein weiteres Mal. Die Schlußfolgerung: Zwei sind sehr zuverlässig, sieben mäßig, bei denen ist nicht sicher, ob sie alles melden würden, einer ist höchst unzuverlässig. Er hat öfter versucht, Bücher, die in den Giftschrank gehörten, im Karteikasten zu belassen, darüber gibt es mehrere Berichte von den anderen. In der letzten Zeit scheint er sich aber beruhigt zu haben, jedenfalls liegt nichts mehr vor. Der Securitate-Mann beschließt, ihn neu überprüfen zu lassen, man kann ja nie wissen. Vielleicht steht er irgendwie in Verbindung mit dem verwirrten Leser. »Der verwirrte Leser« ist nun mein Deckname in der Securitate-Akte. Der Vorgang heißt Kartei-Rennen. Beide Begriffe gehen auf eine frühe Anzeige eines der Bibliothekare zurück. Dieser hatte geschrieben, es sei ein verwirrter Leser seit einer Weile in der Bibliothek, der ein wahres Rennen kreuz und quer durch die Karteikästen veranstalte.

Das Mädchen von der Demo

Der Fluß ist so weit unten, sagt Clarissa. Sie blickt von der Brücke hinunter. Ich stehe neben ihr.
Der Fluß ist so weit unten, sagt Clarissa, daß es gar kein Fluß mehr ist.
Es ist ein Abwasser, sagt Clarissa, ein Abwasser der Stadt.
Ihr Blick geht hoch.
Dort hinten, sagt sie, ist die mächtige Stadt, da ist sie.
Clarissa dreht sich um, und da drüben ist sie. Sie ist überall.
Du bist mitten in ihr drin, sagt Clarissa, und du machst, was die Stadt macht. Warum willst du nie Auto fahren?
Clarissa lacht.
Ich bin deine Ökozeitung und deine Anti-Ökozeitung, sagt sie.
Ich bin es in einem Satz.
Avanti, sagt Clarissa und nimmt mich bei der Hand.
Was einem bei Avanti alles einfallen kann, denke ich, und da sind wir schon am Ende der Brücke, und am Ende der Brücke ist eine kleine Marmortafel angebracht. Sie ist aus den siebziger Jahren und erinnert an ein Mädchen, das damals während einer Demo erschossen worden ist. Ich erinnere mich noch an das Bild aus der Zeitung.
Ich bleibe stehen.
Was ist, fragt Clarissa.
Ich sage es ihr.
Ich habe das Mädchen damals in einer Erzählung, die ich geschrieben habe, erwähnt. Ich weiß aber den Zusammenhang nicht mehr. Es war die Zeit, als die roten Fahnen mich noch bewegten. Aber das sagt nichts über das Mädchen.

Sie ist tot, sagt Clarissa.
Sie hatte mit der Demo überhaupt nichts zu tun. Sie war mit ihrem Freund unterwegs, mit ihrem Verlobten. Sie sind zufällig in die Demo geraten, sie kamen aus der Menschenmenge nicht mehr heraus. Das Mädchen wurde von einer verirrten Kugel getroffen.
Clarissa steht vor mir und sieht mich an.
Hast du das so geschrieben, fragt sie.
Nein, sage ich, das war mir so auch nicht bekannt.
Also, sagt Clarissa, überleg mal genauer, bevor du was schreibst.
Mal sehn, was dann noch übrigbleibt, sagt sie.

V
Der Mailänder Dieb

Bona Sera

Heute steht kein Musiker im U-Bahn-Durchgang. Ich blicke im Vorbeigehen auf die Wände und habe noch die falsche Stimme des jungen Mannes im Ohr, der hier gestern einen alten Stones-Titel sang. Neben ihm stand ein weiterer junger Mann, der eine Mütze den Passanten entgegenhielt. Solchen Leuten gebe ich nichts. Sie stellen sich dir in den Weg und wollen dich zwingen. Eine Art Wegelagerer. Ich lese an der Wand *Skins*, ein Hakenkreuz darunter und *Siegheil* und *Apartheid.* Wer denkt das, denke ich. Niemand. Es ist einfach Provokation, es sind Wörter, die provozieren sollen. Wörter der Sprachlosen, der Unzufriedenen, Wörter, die nicht sprechen, die nur Zeichen sind. Ich gehe weiter, an der leeren Werbewand steht: *Paola, ti amo.* Wer ist Paola und wer der Verliebte. Dann: *14h. Sei una stronza.* Tja, sie ist nicht gekommen. Eine alte Frau sitzt auf dem Boden an die Wand gelehnt, streckt die bettelnde Hand den Passanten entgegen, die sie nicht anblicken. Sie grüßt, in kleinen Abständen sagt sie denselben Gruß *Bona sera.* Sie sagt es, und niemand antwortet. Sie sagt nichts, zwei Wörter bloß spricht sie aus, ein Zeichen.

Keine Politik

Auf der Polizeistation redet keiner mit Dana. Die Polizisten, die Zivilangestellten, alle schauen an ihr vorbei. Fragt sie etwas, antwortet keiner. Dana ist plötzlich Luft für diese Leute.

Sie geht zum Chef. Der macht die Tür hinter ihr zu und sagt unvermittelt, warum machst du Politik? Er duzt sie wie immer, aber sein Duzen hat einen scharfen Ton. Die Polizei darf keine Politik machen, sagt er. Sie mache keine Politik, sagt Dana und siezt ihn wie immer, und das Siezen macht sie klein. Sie habe auf der Demo bloß von den Ungerechtigkeiten gesprochen.

Und das Dienstgeheimnis, sagt der Chef, wie ist es mit dem Dienstgeheimnis? Was sie gesagt habe, habe sie nicht im Dienst erfahren, sagt Dana. Der Chef sieht an ihr vorbei und sagt, sie solle sich innerhalb von zehn Tagen eine andere Arbeit suchen. Dana sagt, sie suche sich eine andere Arbeit, wenn der Chef ihr beweise, daß sie Politik gemacht habe. Aber das ist nur noch Trotz. Sie weiß es.

Sie kommt auch am nächsten Tag auf die Polizeistation und auch an den darauffolgenden Tagen. Aber es gibt keine Arbeit mehr für sie, und keiner spricht mit ihr. In der Nacht wird Dana wach und hat Angst. Sie hat Angst. Angst, wie früher und noch mehr als früher. Denn was wußte sie früher schon? Und früher hat sie geschwiegen. Jetzt aber hat sie geredet.

Dana benutzt ihren Polizeiausweis, den sie noch nicht abgeben mußte, um bei der Paßbehörde in Hermannstadt die Reisepässe für sich und ihre Mutter herauszubekommen. Es gelingt. Nach zwei Wochen sitzen Dana und ihre Mutter im Zug nach Deutschland. Dana hat einen unruhigen Blick, und dieser unruhige Blick verschwindet erst, als der Zug weit hinter der Grenze ist und schon auf Szolnok in Ungarn zufährt.

Zwei Mädchen

Wir sitzen vor dem Fernseher. Zuerst treten die dicken Steptänzerinnen auf. Clarissa lacht. Sie werden vom Moderator als die dicken Steptänzerinnen vorgestellt. Der Moderator betont das Wort dick so auffallend, daß es keinem der Zuschauer entgehen kann. Nachdem die dicken Tänzerinnen ihren Step getanzt haben, werden sie vom Moderator einzeln nach ihrem Gewicht gefragt. Die dickste Dame hebt auf die ausdrückliche Forderung des Moderators und unter dem Beifall des Publikums noch einmal das rechte Bein in die Horizontale. Die Steptänzerinnen, ist zu erfahren, sind allesamt Hausfrauen, die sich zusammengetan haben, weil ihnen das Tanzen Spaß macht. Unter dem tosenden Beifall des Publikums treten sie winkend ab. Zeit für die nächste Nummer. Der Moderator und eine Schauspielerin lesen Dialoge aus Drehbüchern einer populären Fernsehserie vor. Sie brechen jeweils bei einer Frage ab. Zwei Mädchen aus einer Kleinstadt, neunzehn und zwanzig Jahre alt, die eine ist Schülerin und kurz vor dem Abitur, die andere arbeitet in der Gaststätte der Eltern, haben nun die Aufgabe, die fehlenden Antworten aus dem Gedächtnis zu zitieren. Jeweils nach kurzer Beratung untereinander spricht die eine den geforderten Satz. Anschließend wird die betreffende Szene aus dem Fernsehfilm eingespielt, und es stellt sich heraus, alle Antworten sind richtig. Das Publikum ist begeistert.

Asyl

Danas Antrag auf Asyl in Deutschland ist abgelehnt. Ich wußte es, sagt sie und blickt trotzdem ungläubig auf den Text der Mitteilung. Noch einmal und noch einmal. Ich gehe nicht zurück, sagt sie. Ich gehe dort nicht mehr hin. Ich kann nicht. Sie hat eine schlaflose Nacht und eine voller wirrer Träume. Sie sieht das Gesicht von Doamna Geta und das des Polizeichefs. Sie sieht die Gesichter der Nachbarn. Sie sieht die Gesichter der Bergleute im Fernsehen, und sie sieht das Grinsen des Staatspräsidenten Iliescu. Nur Herrn Dima sieht sie nicht. In all diesen Träumen sieht sie Herrn Dima nicht. Nach zwei Tagen fragt sie sich, was das zu bedeuten habe. Sie erzählt ihrer Mutter die Träume, und sie erzählt ihr auch, daß sie in keinem dieser Träume Herrn Dima gesehen habe. Das hat doch eine Bedeutung, sagt sie, das bedeutet doch etwas. Ihre Mutter überlegt lange, dann sagt sie, du hast das Böse gesehn, das Böse, dem du begegnet bist und von dem du fürchtest, daß du ihm wieder begegnen wirst. Niemand kann dieses Böse verhindern, Dinu konnte es nicht, und Dima kann es auch nicht. Dima ist ein Kind geblieben, sagt die Mutter. Er glaubt an den guten Ausgang der Märchen. Er hat aus seinem Gefängnis nichts gelernt. Sie werden ihn wieder einlochen oder sonst was mit ihm machen. Nein, sagt Dana. Herr Dima hat recht. Herr Dima hat die Kraft, die Ungerechtigkeit auszuhalten. Er ist ein Heiliger. Sein Leben ist vertan, aber er ist ein Heiliger. Von ihm werden sie später reden. Aber ich, sagt Dana, ich kann das nicht, ich brauche mein kleines Leben. Was soll ich bloß tun? Ich kann dort nicht mehr hin.

Der Ruf des Händlers

Gegen mittag werden die Stimmen der Händler auf dem Flohmarkt lauter. Sie sagen zwar dieselben Sätze wie noch vor zwei Stunden, aber sie sprechen sie nicht mehr, sie rufen sie auch nicht, sie stoßen sie aus, sie brüllen. Dieselben Wörter, mit denen sie am Morgen noch ihre Waren anpriesen und die flanierenden Kunden lockten, wirken nun wie eine Herausforderung an die Vorübereilenden. Vor einer Stunde noch gingen die Passanten langsamer an den Ständen vorbei. Sie blieben öfter stehn, verweilten länger, redeten laut, lachten, oft waren es Pärchen. Nun sind es viel mehr Leute, sie schieben sich in Knäueln an den Ständen vorbei, blicken schnell mal rechts, mal links. Die Straße, an der die Stände aufgestellt sind, ist zum Schlauch geworden, durch den sich die Masse rauf und runter schiebt, jetzt, zur Mittagsstunde schon ganz mit sich selbst beschäftigt. Schweigende und immer wieder verbissene Gesichter, als stünden sie unter einem Zwang, der sie an diesen Ständen vorbeidrückt. Bleibt einer mal stehn, wird er von den Nachdrängenden geschubst und in den allgemeinen Rhythmus zurückgedrängt. Wo vor einer Stunde noch Stimmen waren und das Lachen der Mädchen, die ihren Begleitern Tücher zeigten, ist nur noch ein unbestimmtes Murmeln, und dazwischen überdeutlich der Ruf des Händlers, ein Schrei der Verzweiflung in der drückenden Sonne, unter der die Ware liegt, die unverkäuflich wird. Denn schon zeigt dir der hastige Blick auf die Armbanduhr, daß bald Schluß ist. Zeit zum Mittagessen.

Die Frau des Barmanns

Giancarlo liegt im Anzug auf dem Bett, er hat nur die Schuhe ausgezogen. Das Zimmer liegt im Halbdunkel, die Fensterläden sind geschlossen. Es ist drei Uhr, und es klingelt an der Wohnungstür. Giancarlo steht vom Bett auf und geht mit leisen Schritten auf den Flur. Er öffnet. Draußen steht lächelnd die Frau des Barmanns. Sie hält ihre hochhackigen Schuhe in der Hand. Giancarlo schließt die Tür hinter ihr. Sie küssen sich. Die Frau des Barmanns stellt ihre Schuhe in den Flur und geht barfuß ins Schlafzimmer. Giancarlo folgt ihr. Sie setzt sich auf das Bett, und er setzt sich neben sie. Sie küssen sich. Sie öffnet seine Hose, seine Hand gleitet zwischen ihre Beine. Sie ziehen sich aus. Giancarlo legt sich auf den Rücken und die Frau des Barmanns ist über ihm. Dann kniet die Frau des Barmanns auf dem Bett und Giancarlo ist hinter ihr. Und dann liegt die Frau des Barmanns auf dem Rücken und Giancarlo ist über ihr. Die Wanduhr, die Giancarlo von einer Tante geerbt hat, schlägt vier Mal. Die Frau des Barmanns steht auf und zieht sich an. Auch Giancarlo zieht sich an. Als die Frau des Barmanns fertig angezogen ist, bleibt sie noch einen Augenblick auf der Bettkante sitzen. Giancarlo setzt sich neben sie. Sie blickt auf den Schrank, und sie sieht sich im Spiegel am Schrank. Auch Giancarlo blickt auf den Schrank und sieht sich im Spiegel am Schrank auf dem Bett sitzen. Die Frau des Barmanns sieht sich im Spiegel am Schrank neben Giancarlo auf dem Bett sitzen. Und dann blickt sie hinauf auf den Schrank und sieht den schönen großen Schalenkoffer. Verreist du, fragt sie unvermittelt, und ohne eine Antwort abzuwarten geht sie aus dem Zimmer. Giancarlo hört kurz danach die Wohnungstür ins Schloß fallen.

Fotoromanza

Es ist Freitag nachmittag und Sabrina S., Fachschülerin im Schuhgeschäft, will mit zwei Freundinnen aufs Land fahren. Sie sind zum Bahnhof gekommen, auf den Bahnhofsvorplatz, wo die Überlandbusse abfahren, und unversehens sind sie mitten in eine riesige Menschenmenge geraten. Heute wollen wohl alle verreisen. Sie finden den Bus, in den sie einsteigen wollen, aber beim Einsteigen wird Sabrina abgedrängt, plötzlich ist sie unter lauter Unbekannten, die Freundinnen sind nicht mehr zu sehen, wahrscheinlich sind sie bereits eingestiegen, Sabrina wird immer weiter vom Einstieg abgedrängt. Da komme ich nie rauf, denkt sie und ruft, laßt mich doch durch, ich muß in den Bus, wir auch, heißt es neben ihr, sie schüttelt den Kopf und wiederholt ihre Forderung, es hat keinen Sinn, denkt sie, da ist einer neben ihr, einer mit so einem unverschämten Lächeln, der sagt, komm mit uns, wir helfen dir, und lächelt, und mit ihm sind noch zwei solche, Sabrina schüttelt bloß den Kopf, aber da ist sie schon in der Mitte der drei, und die schieben sie zurück, vom Bus weg, aus dem Gedränge hinaus, nein, sagt sie, schweig, sagt der mit dem Lächeln, verstärkt den Griff an ihrem Arm, komm, sagt er. Sie gehen zwischen lauter hastigen Menschen, Sabrina ruft nein und laß mich los, aber keiner beachtet sie, alle sind auf den Sturm auf die Busse konzentriert, zwei der Typen zerren sie ins Bahnhofsgebäude hinein, es ist ein Seiteneingang, sie weigert sich weiterzugehn, da zieht der eine, der mit dem Lächeln, ein Messer und sagt, so, wenn du jetzt nicht spurst, zerschneide ich dir das Gesicht, dann hast du eine Fratze fürs Leben. Sie sieht ihn an, und sie weiß, er meint es ernst, sie geht mit. Der Dritte ist schon vorgegangen. Sie laufen die Schienen entlang, hier ist niemand mehr. Du hältst jetzt schön den Mund, sagt der Lächelnde, mein Messer ist schnell, wir gehn jetzt auf eine unvergeßliche Reise, sagt er. Die beiden halten Sabrina links und rechts an den Armen. So erreichen sie ein Abstellgleis, da sind zwei Eisenbahnwagen ohne Lokomotive, auf dem Trittbrett des einen steht der dritte Typ. Er hat die Tür geöffnet und macht nun eine einladende Geste. Bitte, *Signorina*, sagt er und lächelt das Lächeln des anderen, der sie am Arm hält. Sie sagt nein, ich steige hier nicht rauf, Hilfe, sagt sie, aber es ist leise, zu leise, und der Typ zeigt ihr wieder das Messer. Die Reise beginnt, es wird dir bestimmt gefallen, sagt der Typ, und sie stoßen sie hinauf in den Waggon. In die erste Klasse, ruft der Vorausgegangene, der Dritte, es soll uns an nichts fehlen. Er läuft den Gang entlang, hält inne, schiebt die Tür auf: ein Erste-Klasse-Abteil mit roten Sitzen. Nein, ruft sie, und sie stoßen sie ins Abteil, schließen die Tür. Du gehst auf den Gang, bleibst am Fenster, sagt der mit dem Messer zu dem Dritten. Der will etwas erwidern, aber der mit dem Messer sagt, nachher tauschen wir. Der Dritte nickt, geht raus, schiebt die Abteiltür zu. Sabrina sitzt mit angstvollen Augen auf einem der Fensterplätze. Die beiden ziehen die Vorhänge des Abteils zu. Im Abteil ist es noch immer hell, aber von draußen sieht man jetzt nicht mehr herein. Sie wenden sich ihr zu. Ausziehen, sagt der mit dem Messer lächelnd. Und weil sie sich nicht rührt, sagt er, ausziehen, hab ich gesagt. Langsam gehst du mir auf die Nerven, sagt er. Ich will dir mal etwas sagen, sein Lächeln erlischt, seine Augen blicken mit kalter Wut. Wenn du dich nicht sofort ausziehst und machst, was ich sage, bringe ich dich um, hörst du, ich bringe dich um, schreit er. Sabrina sieht in sein Gesicht und weiß, er würde es tun. Sie hat keine Chance. Sie nickt und fängt an, sich auszuziehen. Schuhe, Jeans, Bluse. Los, sagt er und spielt mit dem Messer. Alles, sagt er. Sie zieht die Söckchen aus, den BH, das Höschen. Sehr gut, sagt er. Jetzt sind wir dran. Er lacht, blickt den anderen an, der überhaupt noch nichts gesagt hat, und sie ziehen sich aus. Jetzt hat auch der andere ein Messer in der Hand, es stak in seinem Halbstiefel. So, jetzt beginnt die Reise, sagt der Lächelnde.

Dana bleibt in Deutschland

Du könntest die Geschichte von Dana weiterschreiben, sagt Clarissa.
Ich habe keine Lust, sage ich. Es ist die Wahrheit.
Aber da gäbe es doch noch so viel zu erzählen, sagt Clarissa.
Das ist es ja eben, sage ich, viel zu viel.
Du tust schon wieder so schlau, sagt Clarissa, aber du redest dich doch bloß heraus, das merkt man sofort.
Ich sage nichts.
Man merkt es sofort, sagt Clarissa.
Clarissa, sage ich.
Dana bleibt in Deutschland, sage ich.
Gehn wir ins Kino, sagt Clarissa.
In Goodfellas, sage ich.
Ragazzi, sagt Clarissa.
Ich zieh mich rasch um, sagt Clarissa und ist schon an der Tür.
Nehmen wir mein Auto, ruft Clarissa von der Tür.
Wir fahren mit der Metro, sage ich. Wo willst du denn das Auto parken, frage ich.
Ich weiß, Clarissa fährt nicht gern U-Bahn, und sie geht nicht gern zu Fuß. Von der U-Bahn muß man noch ein Stück zu Fuß gehn. Aber Clarissa hat die Tür schon zugemacht. Sie ist drüben in ihrer Wohnung. Nein, sie ist schon wieder da. Von der Tür kommt ihre Stimme. *Primo Tempo*, sagt sie.
Arrivo, sage ich.

Die Bibliothek der siebziger Jahre

Nun werden die Berichte der Bibliothekare ausführlicher. Man kann sagen, sie werden immer ausführlicher. In der Angst, etwas auszulassen, was wichtig sein könnte, was man ihnen nachträglich als absichtliche Unterlassung ankreiden könnte, schreiben sie fast alles auf, sie verbringen halbe Nächte und ganze Wochenenden mit der Lektüre und dem Rezensieren der Bücher, und hätten sie nicht Ablieferungstermine, wären ihre Berichte längst zu selbständigen Büchern geworden.

Irgendwann beschränkt der Securitate-Mann die Seitenzahl der Berichte, weil er sie nicht mehr bewältigen kann. Er sagt, kein Bericht darf länger als zehn Seiten sein. Über jedes Buch werden zwei Berichte verfaßt. Der Securitate-Mann kombiniert die Paare immer wieder neu, damit sie keinen funktionierenden Absprache-Modus finden und so nichts durch Verabredung unterschlagen können.

In der Sache selbst kommt man zwar nicht viel weiter, das heißt, mein feindliches Ziel ist nicht oder doch nicht so genau auszumachen. Aber in den einzelnen Büchern finden sich haufenweise problematische Stellen, wie es heißt, fragwürdige Passagen, die für Staatsfeinde sehr nützlich sein können. Die ganze Bibliothek ist verseucht, sagt der Oberst auf einer Lagebesprechung der Securitate. Und je mehr Bücher ins Visier geraten, desto unheimlicher wird den meisten Bibliothekaren ihr Tun. Sie beginnen untereinander über mich zu reden. Der ist ein Spinner, sagen sie, wer weiß, was die Securitate mit dem vorhat. Es ist den Bibliothekaren gesagt worden, sie

sollten mich nicht weiter stören, sie sollten mich gewähren lassen. Die Securitate hat durch die Rezensionen ein weiteres, viel größeres Problem als mich entdeckt. Sie ist auf das Problem der Bibliothek gestoßen. Da wird nun seit fünfundzwanzig Jahren in dieser Bibliothek gesäubert, und sie ist immer noch völlig verseucht. Was haben diese Bibliothekare die ganze Zeit über gemacht. Die müssen alle neu überprüft werden. Der verwirrte Leser ist ja viel effizienter, sagt der Oberst beim Lagegespräch, bei dem über das weitere Vorgehen entschieden wird. Wir lassen ihn weiter lesen, die Bibliothekare schreiben die Berichte, und anschließend werden sie angewiesen, die Karteikarten der vom verwirrten Leser ausgeliehenen Bücher zu entfernen. Damit säubern wir die Bibliothek, faßt der Oberst zusammen, und was wir mit dem Typen machen, entscheiden wir später.
Nachdem die Bibliothekare ihre Anweisungen erhalten haben, beginnen die meisten mich mit einer unverhohlenen Kälte zu behandeln. Sie händigen mir die verlangten Bücher weiterhin anstandslos aus, sie sind ja dazu in einer Form verpflichtet worden, die ich nicht ahnen kann, aber insgeheim wünschen sie mich zum Teufel. Der ruiniert uns die Bibliothek, sagen sie untereinander, jetzt müssen wir unsere Bücher anzeigen. Er ist ein Provokateur, die Securitate hat ihn gegen uns eingesetzt, gegen unsere Bibliothek. Als der erste Bericht über ein solches Gespräch bei der Securitate eintrifft, lachen die Leutnants, und der Oberst sagt bloß, sehr gut.

Siebenbürgen

Danas Asylantrag wird als unbegründet abgelehnt, aber sie bleibt trotzdem. Sie verbessert ihr Deutsch mit Erfolg und heiratet einen Deutschen. Der Deutsche, den sie heiratet, stammt ebenfalls aus Siebenbürgen. Anfangs sind seine Eltern dagegen. Sie sagen: Dafür sind wir ausgewandert, daß du hier eine Walachin nimmst. Aber dann gewöhnen sie sich an Dana. Sie ist in Siebenbürgen aufgewachsen, sagen sie in der Verwandtschaft. Die Siebenbürger Rumänen sind anders als die Walachen dort unten. Sie haben ja doch einiges von uns gelernt, sagen sie. Sie sind mehr so wie wir. Der Sohn ist schon dreißig und eine Deutsche hat er bislang nicht gefunden. Die Hochzeitsreise geht nach Siebenbürgen. Dana will ihren Mann den Verwandten vorstellen. An einem Donnerstagnachmittag schlendern sie durch das Zentrum der Kleinstadt. Eine Viertelstunde, und sie haben alles gesehen. Eine Viertelstunde, und sie haben sich an alles erinnert. Keiner von beiden sagt etwas. Aber jeder weiß, was der andere in diesem Augenblick denkt. Tausend Verletzungen sind ihnen ins Gesicht geschrieben, tausend Verletzungen, die ihnen dieses Land zugefügt hat. Diese Verletzungen verbinden sie. Sie sehen sich mit glücklichen Augen an, und sie kommen sich vor wie Gerettete. Die Verletzungen, die sie verbinden, trennen sie von diesem Land. Hierher werden sie nur noch zu Besuch kommen, sich ihrer Verletzungen vergewissern, die Perspektive ihres um ein Haar weggeworfenen Lebens besichtigen. Es ist eine Reise, die ihre Lebensoption bestätigt. Sie sind ein glückliches Paar.

Der Koffer

Giancarlo liegt auf dem Bett. Er hat seinen Anzug an, und er hat auch die Schuhe an. Giancarlo ist seit Tagen nicht mehr auf dem Bahnhof gewesen. Er hatte mehrmals die Absicht, hinzugehen, aber er ist dann doch nicht gegangen. Er hat sich ausgehfertig angezogen, hat sich sorgfältig gekämmt, die Krawatte zurechtgezogen, aber er hat dann das Haus doch nicht verlassen. Überhaupt hat er das Haus seit ein paar Tagen nicht mehr verlassen.

Giancarlo liegt seit einer Weile mit geschlossenen Augen auf dem Bett. Dann öffnet er die Augen, und sein Blick fällt auf den Koffer auf dem Schrank. Er steht auf, nimmt den Koffer vom Schrank, geht mit dem Koffer aus der Wohnung, geht auf die Straße, zieht den Koffer hinter sich her, geht zum Bahnhof. Er betritt den Bahnhof wie ein Reisender, der bis zur Abfahrt des Zuges noch ausreichend Zeit hat, er kauft sich eine Zeitung und geht mit dem Koffer zum Bahnsteig, an dem der Eurocity aus Rom bereits hält. Er steigt in einen der Erste-Klasse-Wagen, geht mit dem Koffer den Gang entlang, blickt in jedes Abteil wie ein Reisender, der nach einem bequemen Fensterplatz sucht. Als er ein leeres Abteil findet, betritt er es, schiebt die Tür hinter sich zu, hievt den Koffer ins Gepäcknetz und setzt sich auf den Fensterplatz dem Koffer gegenüber. Er schlägt die Zeitung auf, liest die Schlagzeile des Aufmachers, faltet die Zeitung wieder zusammen und verläßt das Abteil ohne den Koffer.

Giancarlo steigt aus dem Zug und geht den Bahnsteig entlang, die Zeitung unter dem Arm, wie jemand, der einen Freund zum Zug begleitet hat, aber nicht bis zur Abfahrt wartet, weil er noch was vor hat oder weil er ausführliche Abschiede nicht mag. Giancarlo verläßt mit langsamen Schritten den Bahnhof, überquert die Straße, biegt in die Seitenstraße ein, geht auf die Bar zu, schiebt den Vorhang in der Eingangstür beiseite und blickt schon von der Tür aus auf den Spiegel hinter der Theke.

VI
Eurocity

Eurocity

Ich sitze im Eurocity nach München. Der Zug hat gerade Bozen verlassen, ringsum sind die wilden Höhen der Alpen. Ich sehe sie nicht, aber ich schaue aus dem Fenster, als würde ich sie sehen. Ich gebe vor, sie zu sehen. Ich sehe Jakob im Bahnhof von Triest. Ich sehe Jakob vor dem Bahnhof von Triest. Er geht vom Bahnhof weg und geht zum Meer. Er blickt auf das graue, leere Meer. Ich sehe Dana durch Reutlingen gehn, durch die Einkaufsstraße. Sie wühlt geduldig in den Kisten vor den Kaufhäusern. Irgendwann hat sie ihr Schnäppchen. Ich sehe Clarissa. Clarissa steht vor dem Schreibwarenladen und winkt. In zwei Monaten kommt Clarissa nach Berlin. Sie kommt für zehn Tage. Ich freue mich. Der Zug hält in Innsbruck. Ich fahre nach Berlin. Ich fahre zurück nach Berlin. Ich sehe die Stadt, und ich sehe sie nicht. Ich sehe mich, ich sehe mich an. Mein Blick ist ruhig. Es ist gut. Ich blicke in den Spiegel im Abteil und ich sehe das Gesicht von Giancarlo: Giancarlo, rufe ich, Giancarlo, es ist aus.